乳頭矯正器がついた胸元が、剥き出しになる。
「どうして、こんなものを装着しているんだ?」

illustration by CHIHARU NARA

禁《きん》断《だん》の凹《おう》果《か》実《じつ》

バーバラ片桐
BARBARA KATAGIRI

イラスト
奈良千春
CHIHARU NARA

Lovers Label

CONTENTS

〔一〕

「……っ」

押し殺した吐息《といき》が、鈴森昭博《すずもりあきひろ》の唇《くちびる》から漏《も》れる。

顔は映さない。そんなふうに撮影者に約束させた。目元もアイマスクで隠れているから、万《まん》が一《いち》、カメラが上にずれても、身元がバレる心配はない。

画面越しに視聴者《しちょうしゃ》にさらしているのは、腰丈《こしたけ》の手すりに手首を開いた形でくくりつけられた剝《む》き出しの上半身と、ズボンをきっちりと着こんで、膝《ひざ》を折る形で床に屈《かが》みこんだ下半身だけだ。

この格好のまま、どれだけ放置されているだろうか。どうして自分がこんな動画に金を払う好《こう》事家《ずか》に目をつけられたのかも、昭博にはいまだに理解できない。

どこにでもいる平凡な大学生だった自分が、好条件で取り引きを持ちかけられたのは、おそらく自分が陥没乳首《かんぼつちくび》だったからだろうと予測ぐらいはできるが。

——なぜって、……このカメラがメインに映しているのは、……俺の乳首……だから。

この映像は、リアルタイムで全世界に配信されている。

ほとんど動かない画面だ。画面中央に昭博が手首を縛《しば》られ、上半身剝き出しのまま映し出されている。条件はたった一つ、『乳首だけで達すること』。

さすがに刺激がなければ達せないから、最初に昭博の陥没した乳首の左側に乳頭矯正器《にゅうとうきょうせいき》という、シリコンで作られた半透明な器具が取りつけられるのが常だ。

それは哺乳瓶《ほにゅうびん》の吸《す》い口《くち》に似ている。その吸い口をぐっと押すと、陰圧《いんあつ》がかけられて中にあった空気が吸い出され、陥没した乳首をちゅっと吸い出す。

撮影者によれば昭博の陥没した乳首が、それをつけられて少しずつ尖《とが》っていくのが最初の醍醐《だいご》味《み》らしい。そのまま数分放置されて、陥没していた乳首が十分に赤く尖ったころに、画面は一度途切《とぎ》れる。再開されたときには、昭博の乳首から乳頭矯正器は取り外され、代わりに画面には映らない誰かの手が、ようやく尖って陥没のくぼみから外界に飛び出したばかりのピュアな乳頭を、達するまでなぶるという動画なのだ。

最初は、筆《ふで》が使われる。筆でさんざん乳首を撫で回されると、その独特の感触に昭博はじっとしていられなくなる。

いつも陥没して刺激から遮断《しゃだん》されている昭博の乳首はとても敏感《びんかん》だった。吐息をかけられただけでも感じてしまうほどの乳首が、吸引によって引っ張り出され、責められているのだ。

筆は何種類もあって、最初は決まって柔《やわ》らかな化粧用の毛がたっぷりついたものが使われる。その無数の毛先で下から上になぞられ、くるくると円を描《えが》くような刺激に乳首が慣れ、硬く尖ってくると、ペンキでも塗《ぬ》るような平たく揃《そろ》った筆へと切り替わる。

「……はっ」

その毛先で乳首を下から上へ、さらには左右にとさわさわと刺激されると、化粧用のものよりも毛が硬く、ごわごわとした刺激だ。筆で感じるなんて自分でも不本意だが、視界を奪《うば》われ、乳首への刺激を繰《く》り返《かえ》されることで、そこにばかり感覚が集中する。

さらにたっぷりと濡《ぬ》らした習字用の筆で、乳輪を何度もねっとりとなぞられ、そのあげくに軸《じく》の部分で乳頭を押しつぶされる。乾《かわ》いたものとは違う独特の筆の感触に悶《もだ》えさせられた後に襲いかかる、軸での的確な責めに、下肢《かし》はガクガクしてきている。その後に楊枝《ようじ》の先でツンツンとつつかれた。最後に楊枝のお尻側で乳頭のへこんだ部分にはめこむようにいじられると、皮膚《ひふ》の内側にまでツンと刺激が通っていく。男性にはあるのかどうかすらわからない乳腺のあたりまでじぃんと痺《しび》れ、そのころには触れられないままの性器まで熱く硬くなっているのがわかった。

ずっと刺激されているのは左側だけだったが、右の乳首もじんじんとうずき、陥没した部分から乳頭が少しずつのぞき始める。その手つかずの乳首が、快感だけで変化していくさまが芸術だと、撮影者に熱く語られたことがある。昭博にとっては自分の陥没乳首にどれだけの価値があるのかまるで理解できない。そういうものなのかと思うしかない。

さらに左の乳首を楊枝の尖ったほうでつつきまくられ、ちくちくとした痛みにも感じてならなくなったころ、登場するのは電動歯ブラシだった。

スポイトで、まずは乳首にローションが滴《したた》らされる。たっぷりと濡らされた後で、歯ブラシの背のほうを押しつけられた。そのなめらかなプラスチックの部分で小刻《こきざ》みに乳首を刺激されて、その鮮明《せんめい》な感触に昭博はあえぐしかない。ずっと筆でさわさわと触れられていただけに、そのハッキリとした刺激は昭博をひどく乱す。

乳首への容赦《ようしゃ》ない刺激に、身体がひどく熱くなる。

「っんぁ、……っあ、……あ……っ」

さらには電動歯ブラシのブラシ側で乳首をぞくぞくと刺激された後にそれは画面から消え、ずっとなぶられっぱなしの左の乳首に新たな責めが襲いかかる。そこに押しつけられたのは、シリコン製の透明な舌が乳首をぬるぬると舐《な》めるタイプの大人の玩具《おもちゃ》だ。

感触としては柔らかくて生身の舌そのものなのだが、いくつも出ている突起《とっき》が乳首をぐりっと押しつぶし、その刺激が消えないうちに次の突起が乳首に襲いかかるという不規則な動きをもたらす。普通ではあり得ない動きで敏感になりすぎた乳首が絶え間なく刺激され、身体が落ち着かなくなっていく。

ただ一ヵ所だけを集中していじられることで、乳首が限界まで敏感になっていた。

性器が硬くなり、下半身ももじもじと動いて止まらなくなる。だが、肝心《かんじん》なそこに全く刺激がないまま、乳首だけをなぶられ続けるのだ。

昭博の小さな乳首を玩具で揉《も》みくちゃにしながら、不意に撮影者が声を発した。

「見てる人からの、メッセージが届いてるよ。『ほら、……早く乳首だけでいけ』『今日もエロいイキ顔見せて』『エロ乳首』」

昭博は配信されている自分の画像を見たことがある。画面を埋《う》めつくすほど、無数の文字が流れていた。

メッセージを読み上げられることで、こんな自分を見ている無数の人がいることを意識する。

痴態《ちたい》をさらす恥ずかしさに身体の熱が増し、絶え間なくこね回されている乳首からの快感が濃厚

突然
乳首敏感ね(ノ´д`*)
エロ乳首
守りたいこの乳首
変なの
もエロいイキ顔見せて
濡れ濡れ
草
てきたw
マジ癒される(*´д`
お前ら乳
イキそうだな
なにから守るんや
俺らだろ
コメント消す
早く乳首だけで

になる。

「は、……は、は……」

後はただ、乳首から湧き上がってくる快感に身を任せるばかりだ。

最初の配信のときには、乳首だけではどうしても達することができず、片方だけ手を解放してもらって、下半身は映さないままに、一人で扱《しご》くことでどうにか達することができた。

だが、いつからか、乳首だけでイけるようになった。それからは、乳首だけしかなぶられない。どれだけ配信が長引こうが、生殺《なまごろ》しの状態で放置されるようになったのだ。

さらに、乳首をくりくりと舐め回すような玩具から、乳首を吸引する玩具へと交換された。きゅうっと吸いあげられた途端《とたん》、昭博はびくん、と大きく身体をのけぞらせずにはいられなかった。

「あっ、ぅ、ン、……っん！」

ちゅぱ、ちゅぱっと、見えない玩具に乳首を強烈《きょうれつ》に吸われて悶えていた昭博の右の乳首に、ようやく撮影者の手が伸びる。ずっと触れられないままうずいていたそこに、いきなり強い痛みが襲いかかった。

「っぁ、……っぁ、あ、あ、あ……っ！」

乳首からの強烈な痛みまじりの刺激に、昭博はのけぞってあえいだ。強烈な刺激は途絶《とだ》えず、がくがくっと上体が揺れる。

何をされたのかは、わかっていた。以前に見せられたこともある、木製の豆つまみをつけられたのだ。指を挟んでもさして痛く感じられない代物だが、それが昭博の敏感な乳首につけられたときには強烈な刺激をもたらすものとなる。

絶頂の大きな波にさらわれて、昭博の肩が何度も震えた。痙攣《けいれん》を繰り返しながら射精する。なかなか余韻《よいん》が消えず、まだぞわぞわとした感覚が残る中で、昭博は深呼吸《しんこきゅう》した。イったのを確認した後で、乳首につけられていた豆つまみが外される。その刺激にまた肩が震えた。

かすれた頭でも、ようやく終わった、とわかる。

借金のかたの、ウエブ配信。

自分が乳首をなぶられるだけの画像にどれだけの価値があるのか、いまだにまるでわからないが、それでもその提案を受け入れた以上、週に一度のこの配信を一年以上もやめられないのだ。

そもそものきっかけは借金であり、その使い道は学費だった。

ひと昔前の人にはピンとこないのかもしれないが、今の学費は四十年前の四倍に上がっている。高騰《こうとう》した学費に加えて、親世代の収入も減ったことで、バイトに頼る学生が多くなってきている昨今だ。

それでも、昭博の親は数年前の世界大恐慌《だいきょうこう》までは堅実《けんじつ》に商売していた。祖父の代からの飲食店は地元の客で繁盛《はんじょう》していたのだが、思いがけない世界大恐慌のあおりを受けて店をたたむこととなった。それが昭博が大学三年生のときだ。

私立文系で、自宅外通学。大学三年だと、だいたい年間の学費と生活費で二百六十万円ほどかかる。あと一年と少しで卒業だったし、大卒資格はあったほうがいいと考えて、どうにか自力でバイトをして、卒業まで踏《ふ》ん張りたいと、親には伝えた。仕送りは受けないことにした。

だが、その直後に自転車でバイト先に向かっていたときに、特に何もないところで転んで足の骨を折った。

完治まで半年かかった。予定では死ぬほどバイトをすることで、どうにか持ちこたえるはずだったから、あっという間に破綻《はたん》した。だが、当時のバイト先であるカフェバーの店長に、思いがけない話を切り出されたのだ。

『君が今、退学するのはもったいないと思うんだよね。君なら、別のバイトもできるんじゃない？』

店長にはバイトのシフトを増やして欲しいと、以前に家の事情を話してあった。

『別のバイトって、何ですか？』

『配信。今はいろいろ動画サイトがあるだろ。当面の生活費と学費なら貸してあげるから、とにかく退学はせずに、頑張ってみたら？』

その動画というのが何なのか、詳しくは教えてもらえなかった。

それでも、半端なところで退学したくないという思いが昭博にはあった。後期の学費納入の期限が迫っていたこともあって、店長の言葉に甘えてお金を借りることとなり、完治までの半年間を過ごした。

　動けないこともあって生活費が何かとかさみ、二百万ぐらいの借金を作ってしまったのだが、完治した後で店長が提案してきたのは、思わぬ形の動画配信だった。

『今はいろいろな動画配信サイトがあるだろ。僕の知り合いがやってる配信サービスがあってさ。そこに、出演してくれる子を探してた』

　昭博が女子大学生だったら、もっと警戒心《けいかいしん》はあっただろう。だが、男子大学生である昭博は、自分の身体が金になると考えたこともなかった。性的なサービスにおいても、自分が金を払う側の人間である、という意識だった。

　閉店した後の店に呼び出され、まずは詳しく説明が行われた。裸《はだか》になるのは、上半身だけ。手首は拘束させてもらうが、直接肌には触らない。とにかく昭博は細身の若い身体のラインがとても綺麗で、陥没乳首なのが最高に素晴らしいのだという。

　だが、最初はどういうことなのかわからなくて、ひたすら混乱していた。顔は絶対に隠す。性的なコードがあるから、性器も絶対に見せない。視聴者にさらすのは、乳首だけ。しかも男の陥没乳首。

　そんな説明をされたところで、昭博にその価値が理解できるはずもない。

『そんなの、見る人いませんよ』

『マニアを舐めるなよ。こういうのが好きなやつが、世の中に何人いると思ってるんだ』

　かくして、撮影が始まった。陥没乳首をひたすらなぶられる動画を見たのは、最初のうちはほんのわずかな視聴者だったはずだ。それでも、十回二十回と重ねていくうちに、くすぐったいだけだった昭博の乳首の刺激は快感へと変化していった。感じるようになると観る人も楽しいのか、視聴する人の数も少しずつ増えた。

その配信サービスは視聴者数に応じて金が支払われることとなっており、投げ銭《なせん》というシステムもある。特に気に入った配信者には、視聴者がチップ的に金を払ってくれる仕組みだ。最初の配信のときには、収入は一万円に満たなかったはずだ。だが、最近は回を重ねるたびに視聴者数もチップも増えていると店長は言う。

たまに途絶えつつも五十本を超えたところで、収入は累計二百万になったと報告を受けた。だが、店長との取り分は半々だから、まだ百万の返済は残っている。

――あとどれくらい続ければ、完済できるのかな。

配信が終わり、昭博はうずうずし続ける乳首を持て余しながら、シャツを羽織《はお》る。

店長は骨折していた半年間の借金を、配信によって返済することしか許してくれない。

大学も卒業し、就職したときに、金銭で返済したほうが手っ取り早いはずだと申し入れたのだが、ガンとして受け取ってくれなかった。だから、今でも配信は続いている。

頑張って、昭博はそれなりの商社に就職もできたのだ。だが、世界大恐慌の波はまだまだ去らず、昭博の親の店が倒産したのが第一波だとしたら、数年後の第二波で、新卒で就職した会社は倒産した。昭博が就職して、一年後のことだった。

今も不況《ふきょう》は続いているから、どこに正社員の口があるのかわからない。あったとしてもとんでもない競争率だから、採用されるのはよっぽど優秀な人材に限られるはずだ。飲食店でバイトをしていたときには、そこそこ器用で重宝されたとはいえ、社会人になってからは商品は売れず、自信を失うばかりの日々だった。

バイトすらまともに見つからない状況《じょうきょう》で、学生時代のバイト先の店長にいまだに借金を負っているのは心苦しい。

自分のあのような動画が売り物になるとは今でも不可解だし、顔も見せられない裏稼業《うらかぎょう》だ。それでも借金を返す手段があるというのは、わずかな救いだった。

服を着て、店長がいるフロアに戻る。この店は普通のカフェバーなのだが、閉店した後にこの秘密の撮影会をしていた。最初のころは店長にとって、手間に見合わない収入だったと思うのだが、最近ではそこそこになっているのだろう。

近づくと、パソコンをいじっていた店長がちらっと昭博を見た。

「鈴森、次の配信なんだけどね――」

服装やシチュエーションについて、語られる。

週に一回、ねっとりと乳首だけで達するほどなぶられることで、昭博は自分の身体がだんだん変化していくのを感じていた。

店長は気のいい人で、いろいろなものに興味を持っている。どうすれば商売になるのかを、よく考える人だった。だからこそ、配信にも手を出したし、昭博の陥没乳首の演出法もわかっていたのだと思う。

だけど、最近はこの店長に執着《しゅうちゃく》されているような気がして、怖いのだ。

性的に見られているような気がする。さんざん乳首をなぶられて、イキ顔をさらしてきたせいだろうか。聞き流している間にも、話は妙《みょう》な方向に進み始めていた。

「鈴森の身体がめちゃくちゃエロいってことに、僕はようやく気づいてきた。僕だけじゃなくって、視聴者もな。どこにでもいそうな若い身体が快感にのたうつのが、女性のもの以上にエロいことを、僕たちはついに知ってしまった」

「は？」

昭博は話が飲みこめない。男子校育ちだったこともあって、今までモテたためしがない。特に特徴のない地味な顔立ちに、中肉中背。運動神経は並《なみ》。運動部への所属経験はなし。

身体のラインが崩れていないのは若さゆえの恩恵《おんけい》であって、特に努力をしているわけではない。

女性ならエロい身体、というのは、出るところが出て、きゅっとウエストなどが締まった身体だと理解できるが、男性ならどんなものだろうか。外国の俳優のように胸の厚みがあるマッチョぐらいしか、昭博には思い当たらない。

「俺の身体、顔と同じく十人並みかと」

おずおずといってみると、大仰《おおぎょう》に店長は否定した。

「いやいやいやいや。何か、エロいんだよ、不思議とね。乳首をいじられて、感じてたまりませんってばかりに腰を揺らすありさまとか、苦し気に身体をよじる姿とか、共感しやすい！　エロいんだ。僕も最初はここまでの人気をあてこんでいたわけではなかったが、だんだんとわかってきた」

力強く断言されて、昭博は呆然《ぼうぜん》とするしかない。

そのとき、店長が目の前のパソコン画面にふと視線を落とした。

「ん？　あれ、これって」

「どうかしました？」

「大口の投げ銭が来てる。十万だ」

「ええっ……！」

びっくりした。気前のいい客は一万投げてくれることもあったが、そんなのは数えるほどだ。十万というのは初めてではないだろうか。

店長の後ろに回りこんで画面をのぞきこむと、店長が画面の一部分を指し示した。そこには、投げ銭をくれた人とのチャット機能がある。ちょっとした礼を言うときに使うもので、短く文字でのやり取りができる。

「礼を言っとけ」

言われたので、昭博もそれはそうだと思って、店長の横に割りこんだ。キーボードを貸してもらって、直接文字を打ちこむ。

『多額の投げ銭、ありがとうございました。感謝します』

『一度、プライベートで撮影させてもらえないかな？　礼は弾《はず》むけど』

そのやり取りを横で見ていた店長が口を挟《はさ》んだ。

「断っとけ」

うなずいて、昭博は打ちこんだ。

『すみませんが、撮影はここだけとなってます』

『礼は弾む、っていってるんだよ。私の財力を見たいかな。たとえば、ちょっとした戯《たわむ》れで、これくらいの追加投げ銭をするほどだけど』

そんなメッセージの後で、さらに十万、投げ銭が入ったのがわかった。

——え?

昭博は息を呑《の》む。そんな昭博の横で身を乗り出したのは、店長だった。昭博の手元からキーボードを取り戻すと、代わりに返信する。

『いっそ、配信の権利を買い取りませんか。二百万で』

それを目にした昭博は、抗議《こうぎ》の声を上げた。相手は見知らぬ男だ。

「ちょっと!　店長、何を……!」

昭博が店長に借りていた額が、二百万だ。だが、配信を続けたことで、その半分ぐらいは返済がすんでいる。

だが、店長はかつて見たことがないほど、本気の顔で言ってきた。

「悪いけど、今、店の経営が危ないんだ。下手をすれば、今月末でつぶれる」

その言葉に、昭博は絶句《ぜっく》した。長いこと不景気が続いていて、学生時代にバイトをしていたこの店が繁盛していないのはわかっていた。元バイトの昭博を、再びバイトに雇《やと》えないほどだ。

だけど、つぶれるほど追い詰められていたとは思わなかった。

さすがに二百万は吹っかけすぎだ。相手も驚《おどろ》いて、これで音信不通になるだろう。そう思っていたのだが、しばらくして画面から音が響《ひび》いた。

なんと、投げ銭で二百万が入金されていた。

昭博と店長は顔を見合わす。

店長は震える指で「ありがとうございます。一切合切《いっさいがっさい》、お譲《ゆず》りします」と打ちこんだのだった。

瀬川昌義《せがわまさよし》は、ふと画面に目を留めた。

目にしているのは、瀬川グループが買収したばかりのウエブ会社が所有するネット配信動画だ。

もともと瀬川グループは、昌義の父の時代に小さな電話工事会社から始まった。それが日本有数の移動通信会社になったのは、彼がインターネット黎明期《れいめいき》にそれに目をつけたからだ。

今ではあらゆるインターネットサービスに、手を広げている。

カリスマであった父親は、昌義が二十三歳のときに突然死した。事業はいったん、創業時の重役たちに預ける形となったが、三十歳になった数年前に、昌義は継承《けいしょう》した株式の圧倒的な数を根拠《こんきょ》として代表取締役となった。まだ社内は落ち着かないが、ＩＴベンチャーのＭ＆Ａにも積極的に手を出している。瀬川が見ている動画もその一つだ。

ITベンチャーは玉石混交《ぎょくせきこんこう》であり、世界を変えるほどの可能性を秘めたものと、ただの石ころでしかないものがある。だからこそ、M&Aは昌義自ら決裁することにしているし、それが社会的に適切なものであるかどうかのチェックも怠《おこた》らない。

特にアダルトにおける線引きが難しい。あまり厳しすぎては集客力を失うし、かといって社会的に不適切なものであってはならない。自社のサービスの線引きはマニュアル化されていたが、新規企業の配信を直接確認しておく必要がある。

すでに担当者がそのあたりの業務に着手しているはずだが、瀬川はそれとは別に次々と配信されている動画を流していった。

だが、途中で手が止まった。

画面に映し出されていたのは、手首を手すりに縛られた青年だ。上半身裸だったが、下半身はしっかり着衣しているので、そこまでは問題はない。だが、彼が性的になぶられているのは確かだった。瀬川の目は、画面に大きく映し出されている陥没乳首に吸い寄せられる。気になって、さらにそこをズームする。プレミアム会員なら、気になったところをよく見える仕組みが備わっていた。

――これは、……もしかして。

男性の陥没乳首だ。心臓がある側の乳首は絶え間なく玩具でこねくり回されていたが、反対側は何もされていないからよく見える。彼の性感が高まるにつれて、その陥没乳首が少しずつ変化していくのが手に取るようにわかった。いつの間にか瀬川はその動画を、息を詰めて凝視《ぎょうし》していた。

いつでも厳しく、理知的なトップとして、瀬川グループに君臨《くんりん》している瀬川だ。だが、今や理性を失い、画面に釘付《くぎづ》けだった。何かが強烈に瀬川の記憶を刺激する。

――この形、……色合い……！

男の小さな乳首など、ほとんどの人には区別できない。人ごとの違いはわずかだし、興味もない人が多い。

それでも目や鼻の形が違っているように、乳首の形も人それぞれだ。今、画面に映し出されている陥没乳首を見ているうちに、記憶の扉《とびら》が開いた。

――あれは、十年ほど前のことだ。

父の死を受け、若き瀬川は追い詰められていた。今でも経営者としてはかなりの若手だ。入社して父が死んだから、この先、どうしようかと悩んでいた。

経営の勉強のために予定していた海外留学に予定通り行くべきか。それとも社に残って、自分の足元を固めたほうがいいだろうか。若すぎて道が決まらず、父が残してくれた会社は自分のものだというエゴと、自分の力不足を自覚している部分がぶつかり合い、不眠に陥《おちい》っていた。

あの日も不意に世界が真っ暗になり、重力も失ったのだ。気がついたときには地下鉄の駅構内の通路にへたりこんでいた。まともに息もできず、このまま死ぬのかもしれないと焦《あせ》った。信じられない量の汗《あせ》が噴《ふ》き出している。

夏の暑い盛りで、ニュースは盛んに熱中症《ねっちゅうしょう》の対策を呼びかけていた。

ひどく気分が悪く、吐き気《はけ》がした。助けを呼びたかったが、声が出ない。なのに、人々は瀬川を無視して、せかせかと歩いていく。誰も瀬川を見ないし、助けてくれない。

都会の人の薄情さを、あのときほど思い知ったことはなかった。だけど、瀬川もそのときまでは彼らと同じ部類の人間だった。ごくまれに人が倒れていたり、気分が悪そうなところに居合わせても、誰かがかまっているのをみれば、手が足りていると判断して遠ざかる。

だけど、そんなとき、いきなり清涼《せいりょう》な声が響《ひび》いた。

『大丈夫ですか』

額《ひたい》にひんやりとした手が置かれたので、それを心地よく感じながら瀬川は息も絶え絶えに相手を見上げた。まだ中学生ぐらいの、ひょろりとした少年だった。

彼はすぐに瀬川の状態を察したようで、自販機で水を買ってきて手渡し、周りの大人を呼び止めて、助けを求めた。それから瀬川の顔がひどく熱っぽいのを見て、いきなり着ていたTシャツを脱ぎ、それをトイレの洗面所の水で冷やしてきて、瀬川の首にあてた。

その間、瀬川はほとんど動けなかった。動くと吐きそうだったし、世界がぐらぐらするので、何もできなかった。ただ、彼が動くのを目で追っていたが、そのとき鮮明に瞼《まぶた》に灼《や》きついたのは、その白くて細い身体の胸元にあった陥没乳首だった。

――何だあれは。乳首……？

陥没した乳首はそのときまで見たことがなかったので、その形状をまじまじと見た。最初は少し変わった形だ、と思っただけだ。だけど、じきにへこんでいるのだとわかり、さらにそれが少しずつ尖っていくのに気づいた。

彼は性的に興奮していたわけでは、決してない。ただ瀬川を介抱《かいほう》しようとして、興奮した状態にあったのだろう。地下鉄構内は少しヒンヤリとしていたし、上半身裸のまま、濡れたシャツを抱えた物理的な刺激もあったのかもしれない。

――そのときの、彼の乳首だ。

十年のときを隔《へだ》てて、その陥没乳首の主がこの配信動画に映っている。その乳首は見間違いようがない。

触れられないまま、反対側の乳首の刺激で少しずつ尖っていく右の陥没乳首を見るにつけ、瀬川はどうしても彼に再会したくて、仕方がなくなっていた。

今でもたまに夢に見る。

触れることすらなかった、そのつつましやかな乳首を。

〔二〕

——ええと、これはどういう借金のカタだ？

昭博は首をひねらざるを得ない。

そもそもあったのは、二百万の借金だ。その借金は半分返済し終えたというのに、謎《なぞ》の男がいきなり二百万払ったために、なんだかその新たな男に対して、二百万返さなければならない責任でも生じたような気がしてくる。

そのところを店長に問いただしたのだが、これで倒産が免《まぬが》れるとばかりに、投げ銭を換金する手続きに余念がない店長は上の空だった。

「まぁ、そのあたりは、おまえとその相手とで、話し合って決めてくれ。これ、配信のいろいろのパスワード。僕は完全に手を引く」

店長と謎の男との間に、しっかりと契約が成立しているわけではない。それでも、律儀《りちぎ》に配信の権利を譲り渡すつもりはあるらしい。

もう自分は配信しないから、今後は店に来なくていい。

そういって店長は、昭博の借金証書とその男のアドレスを手渡した。

——けど、俺がそいつに会う義理とかないはずだよな？

そんなふうに考えながらも、その男にメールで指定された待ち合わせ場所のホテルに、話し合いのために足を運んでしまうあたり、昭博も律儀な人間の一人かもしれない。

だが、どうして見知らぬ男がいきなり二百万もポンと出したのか、理解できない。配信権を得ることで、地味に取り返していくのだろうか。

――それに、……そんなに儲《もう》かるとは思えないんだけど。

地味にちまちまと稼《かせ》いできたのだ。

ナイスバディの女性に金を出すのなら、理解できる。身体のラインが綺麗《きれい》な女性はそれだけで価値がある。

――だけど、相手は俺だぜ？

どことといって目立ったところのない、中肉中背の薄っぺらい身体だ。カフェバーのバイトをしていたときに客に声をかけてもらったこともあったが、店外のデートにまで発展したこともない。

――なのに、……二百万。……どうするつもりなんだろうな。

他人の金だったが、損《そん》をさせるのが申し訳ない。

一流ホテルのラウンジで待ち合わせだったが、それは昭博を油断させるための罠《わな》で、内臓《ないぞう》か何かを奪《うば》うのが目的ではないだろうか。若いから、内臓ならそこそこの価値があるだろう。

心配になって「オークション、昏睡《こんすい》、内臓」などというキーワードで検索してみたが、それらしきものはまるで引っかからなかった。

地下鉄を降りる前に、昭博は送られてきたメッセージを再確認した。

『ホテルのラウンジに、瀬川、という名で予約を入れておきます。お店についたら、ウエイターにその名前を伝えて、席に案内してもらってください』

一流ホテルのラウンジを使い慣れてるのだったら、やはり破格の金持ちだろうか。

瀬川、といえば、移動通信大手の瀬川グループが思い浮かぶ。かつて昭博は、そこの一人と少しだけ知り合ったことがある。中学生のとき、塾《じゅく》の夏期講習で東京に行って、倒れていた人を介抱した。それが、瀬川グループの人だったのだ。

――すごく丁寧《ていねい》なお礼状と、高級なフルーツとお菓子をいただいた。

母がとても喜んでいたが、そのとき限りの付き合いだ。

瀬川という姓はそこまで珍《めずら》しくはないし、単なる偶然《ぐうぜん》だろう。

どんな話を持ちかけられるのか、少し怖くもあったが、一流ホテルのラウンジで会うのは安心できた。見るからにヤバそうな相手だったら、ホテル側に助けを求めることもできるだろう。

――それより、スーツでよかったのかな。

ホテルのラウンジだから、ちゃんとした格好で、と考えてスーツになった。

就職していたのは、商社に一年ほどだ。それから就職活動はしてはいたが、面接にすらこぎつけられないほどハローワークは求職者でびっしりだ。

だからこそ、スーツに腕を通すのは久しぶりだ。

緊張しながらホテルに入ると、二階まで吹き抜けの高い天井と、広々とした空間が目に飛びこんできた。

外がよく見える窓際《まどぎわ》で大きなスペースを占有しているのが、華やかな噴水《ふんすい》だ。その周りをハロウィンのオブジェが取り囲んでいる。まだ十月に入ったばかりだったが、それらの飾りつけを見て、自分の季節感のなさを実感した。

どこもキラキラとした大理石の空間を横切り、ラウンジを探して歩く。

噴水の横に区切られた空間があって、どうやらそこがラウンジのようだ。

入るとすぐに近づいてきたウエイターに『瀬川』の名を告げて案内してもらうと、そこに座っていたのは、三十すぎぐらいのパリッとしたスーツ姿の男だった。

――えっ。

昭博が想像していたのとは、まるで違う。

ネットでの配信に格別の興味を示していたので、もっとマニアックな人間だと思っていた。

華やかな噴水をバックにしたラウンジは、ロビーとつながるオープンなスペースだ。その上質な場にふさわしい高級なスーツを身につけた男は、昭博を見て柔らかく微笑《ほほえ》んだ。

男らしいシャープな輪郭《りんかく》に、まっすぐに通った鼻梁《びりょう》。ただそのまなざしには威圧感があって、昭博は少し気圧《けお》されたようになる。社長か何か、人の上に立つ人間のような風格があった。

「ええと、瀬川さんですか」

ためらいながら声をかけたものの、人違いかもしれないという疑いのほうが強かった。彼のようにハンサムな男が、自分の乳首の動画配信に二百万以上出す理由がわからない。

だが、彼は小さくうなずき、自分の前の席を指し示した。昭博がおずおずと座ると、言ってくる。

「今日は来てくれてありがとう。昔、君とは少しだけ会ったことがあるんだ。覚えてる？」

言われて、昭博の心臓がドクンと音を立てた。やはり、彼は昔、会ったことがある人だ。その目鼻立ちに見覚えがあるのは錯覚《さっかく》ではなかった。

「はい。……あの、熱中症で」

瀬川が中学生のときの自分のことを覚えてくれていたことに驚いた。だけど、それと今回の件とは、何か関係があるのだろうか。

瀬川は近くにいたウエイターを呼び止め、コーヒーでいいかどうか昭博に確認してから、注文してくれた。

その落ち着いたしぐさや横顔が絵になっていたので、昭博はしばし見とれてしまう。

瀬川も昭博を前に緊張しているようで、注文を終えて正面から向けられてくるまなざしが強すぎる。何も言わずにまじまじと見つめられ、その獰猛《どうもう》な獣《けもの》のような瞳に気圧された。それに気づいたのか、瀬川はふと肩をすくめて笑った。

「悪いね。ずっと見てしまって。あのときの中学生が、こんな素敵《すてき》な青年になったのかと思うと、感慨《かんがい》深くて。……リラックスしてくれる？」

だが、やたらと見られているのは変わらない。

「あの」

どうして、こんな金も地位もありそうな男が、自分の配信に金を出したのか、まずはそのところを問いただしたい。少なくとも、瀬川の目的が内臓ではないかどうかだけでも確認したい。

だが、いきなりぶしつけな質問はできなくて、昭博は口ごもった。

「あの、……どうして、……配信を？　ああいう動画、……お好きなんですか？」

そんなことはあり得ない気がして、昭博の声は消え入りそうになった。

だが、瀬川はその質問に、躊躇《ちゅうちょ》なくうなずいた。

「ああ。陥没した君のその部分は、とても素晴らしい。しかも、とても形が綺麗だね。デリケートな話題なので、どこまで調査結果の数字が正しいのかハッキリとわからないのだけれど、とある通信会社調べでは、日本では約三割の人間が陥没で悩んでいるとか」

「三割？」

その数字に、昭博は目を見張った。三割といえば、四十人クラスでは十二人ぐらいが該当《がいとう》することになるが、自分以外に陥没乳首はいただろうか。

男子校のクラスメイトの乳首など気にしたこともなかっただけに、全く思い出せない。

「そんなに、いるんですか。あまり、他に見たことはありませんけど」

瀬川も同意とばかりに、深々とうなずいた。

「調査対象が少し偏《かたよ》っていたのでは、と思うね。それは陥没に興味がある人が主に回答しただけであって、正しい統計結果ではないのではないかと。いずれ、うちの会社で正式に調べなければと思ってるんだ」

その言葉にうなずきながらも、昭博が引っかかったのは、『いずれ、うちの会社で正式に調べなければ』という言葉だった。わざわざそんなアンケートを企画するなんて、普通ではない。

――やはり、マニアな人？

そんな疑いを抱きながら、昭博は瀬川をさりげなく観察する。

こんなにも仕事ができそうなエグゼクティブ風なのに、陥没乳首が好きなのだろうか。

――店長は、陥没マニアが一定数いるって言ってたけど。

そのとき、注文したコーヒーが、瀬川の分も一緒に届いた。

ミルクだけ入れて飲んでみたが、香りが高くておいしい。一杯《いっぱい》いくらぐらいなんだろうと考えていると、瀬川が身体の前で指を組み合わせた。

「それでね。……昔、君の胸元を見てからというもの、何かと陥没が気になっていたんだが。今まで、心を動かすほどのものには出会えなかった。だけど、君のを見たときに、意外なほど惹《ひ》きつけられている自分に気づいたんだ。君のその形状が理想的すぎた。是非《ぜひ》とも直接、この目で拝《おが》ませていただきたい」

向けられた目は真剣だった。

その勢いに、昭博は気圧されそうになる。

表情がキリリとすればするほど、瀬川の顔立ちの端整《たんせい》さがより目につく。人は何をしているときよりも、自分のしたいことをしているときが一番輝いているのだと、誰かが言っていた言葉を思い出す。

それほどまでの輝きが、瀬川からは感じ取れた。

だからこそ、昭博は納得してしまったのだ。

この男の目的は、内臓ではない。陥没乳首だ。そのことが、ストンと腑《ふ》に落ちた。

――だったら。

なんとなく、諦《あきら》めの境地《きょうち》に達する。どうして瀬川がそこまで陥没乳首に執着《しゅうちゃく》するのかわからないが、それでも必要としてくれる人がいるのだったら、見せるのもやぶさかではない。

そのとき、瀬川がハッとしたようにつけ足した。

「ああ。見せてもらうからには、ちゃんと金も払う。ここまで来てもらった礼もあるし、その車代としても、昨日の投げ銭ぐらいは」

――投げ銭ぐらいって、十万ってこと？

その金額に驚いた。提示される額が瀬川における乳首の価値の高さを表現しているように思えてくる。

金をもらえるのは素直に嬉《うれ》しい。このままでは、来月の家賃すら払えなくなる可能性があった。失業して半年になるが、まだ仕事もバイトも見つからない。

「……いいですよ」

承諾《しょうだく》の言葉に、瀬川は嬉しさがにじんだ笑みを見せた。

「ありがとう。感謝する」

その表情に、見とれそうになる。

かつて熱中症を救ったときも、瀬川はちゃんとしていた。だからこそ、きっと今回もまずい事態には陥らないはずだという、最低限の信頼はあった。

瀬川と一緒に向かったのは、予約してあったという、そのホテルの上階にあるエグゼクティブルームだった。

待ち合わせは三時。それからコーヒーを飲んで向かったから、客室にはすぐに入れた。瀬川のすることにはムダがない。

フロントで瀬川がチェックインの手続きをするのを待った後で、一緒にエレベーターに乗って部屋に向かう。

昼間の高級ホテルは宿泊や情事だけではなく、仕事としても使うことがあるはずだ。だからあまり人目を気にすることなく、連れだって歩くことができた。

――まぁ、これも仕事といえば仕事か。配信のバイト。そういえば、二百万の配信権についても確認しなきゃ。

だがなかなか切り出せないまま、客室が近づいてくる。次第に鼓動《こどう》が乱れて、息苦しくなってきた。瀬川に陥没乳首をさらすことを了解したはずなのに、なんだかやけに緊張してガチガチだ。

客室のドアを開いて中に招き入れられたときには、昭博の緊張は限界に達していた。スーツの上着を脱いでハンガーにかけるだけの動きでも、やたらとぎくしゃくしてしまう。上手にハンガーにかけられずに、二度落としたところで、瀬川が近づいてきた。

「どうした？　緊張してる？」

背後に立たれただけで、異様なほど鼓動が鳴り響いた。

これではまるで、初めて恋人とホテルに来た女の子だ。そんなふうに自分で思ってしまったことで余計に意識してしまい、どんな顔をすればいいのかわからなくなった。

どうにか、上着をハンガーにかけてクローゼットを閉じ、振り返る。すると、思っていたよりもすぐそばに瀬川が立っていた。逃げ場がなくて棒立《ぼうだ》ちになると、瀬川がとんと顔の横に手をつく。

覆《おお》いかぶさるような格好で、顔をのぞきこまれた。瀬川のほうが昭博よりも、十センチは背が高い。

距離の近さと、すぐそばにある整った顔に落ち着かなくて、じっとしているしかなかったときに、ふと気づいた。

――あ、これ、壁ドンか。

自分とは無縁《むえん》なものだと思っていたが、実際にされると圧迫感《あっぱくかん》がすごい。息が詰まりそうだ。

息が浅くなって肌が汗ばんでいくのを感じながら、昭博は視線をさまよわせた。

「その……」

「直接、見せてもらってもいいかな」

瀬川は性急に切り出した。

特にもったいぶることではないのだから、いつ始めてくれてもかまわない。だが、まだ心の準備ができていない。昭博はどうにか気持ちを落ち着かせようとしながら、ネクタイに指をかけた。

「はい。……脱ぎますね」

「いや。……私が、脱がしても？」

目がとんでもなく真剣だった。

こんなとき、どこをどうするのが男のお楽しみなのか、昭博にはよくわからない。それでも、瀬川にとってのお楽しみを奪ってはいけない気がして、昭博は身体の横に手を下ろして、あいまいにうなずいた。

瀬川はそんな昭博の、肩先から腹のあたりまでじっくりと眺《なが》めた。

瀬川の手がそっと伸ばされ、まずは胸元をワイシャツの上からてのひらで包みこまれる。そこは女性のようにふくらんではいない。乳首がどこにあるのか探るように、手は上下に動く。

だが、昭博の乳首はまだ外に出ていないから、すぐには場所がわからないのだろう。

同性に身体を意味ありげに触られるという特殊《とくしゅ》な状況に置かれたことがなかったので、胸元がいつになくムズムズしてきた。

だからこそ、瀬川の指が乳首のあたりをなぞるたびに、ぞわっと肌が粟立《あわだ》つような感覚が生まれた。触られているのは、いつも配信で最初になぶられる左の乳首だ。店長はそこに直接触ることはなかった。だからこそ、そのあたりに生身の指の温かさを感じ取ると、奇妙《きみょう》な感覚が生まれる。

どうにかやり過ごそうとしたのだが、瀬川の指はそこに残って、くぼみのあたりを集中的に撫《な》で回してきた。

「ここに、……いるような気がするな」

――いる？

その独特な言い回しにぎょっとしていると、ワイシャツとアンダーシャツの上からへこんだ部分に指先がはまるようにつつかれる。それを繰り返されるたびにぞわぞわとして、そのくぼみの中で乳頭が少しずつ存在感を増しているような感覚を覚えた。

コリッとしたしこりを瀬川も感じ取ったらしく、共犯者《きょうはんしゃ》のように微笑まれた。

「いたな」

――いた？

乳首や乳頭を擬人化《ぎじんか》しているようだ。恥ずかしくて死にそうになる。

見つけ出したしこりをくぼみの中でコリコリとつつきまわされるたびに、それはますます存在感を増していった。

「陥没乳首は真性《しんせい》と仮性《かせい》があるようだが、君の乳首は、仮性だな。仮性は性的な興奮や物理的な刺激で、外に現れてくれる」

ワイシャツの下に、昭博はアンダーシャツを着こんでいる。学生時代は素肌にシャツ一枚だったのだが、最初に就職した職場で、社会人になったらアンダーシャツを着ろと上司に言われた。

シャツも脱がされず、ただ胸元を指一本でつつかれているだけなのに、昭博は身体が燻《いぶ》されたように熱くなっていくのを感じていた。いじられているのはそこだけなのに、下肢まで熱を帯び

まずはこの乳首を暴いて好きに触るのに、十万払う。それでいいという約束だったな」

昭博はうなずいた。以前に性の相場というものを調べたことがあった。若くて綺麗な女性であっても、セックスで十万はなかなか稼げない。男性では、その相場はさらにぐっと低くなる。

――なのに、乳首だけで十万……?

配信は一回いくらぐらいだっただろうか。どんなに高視聴率を稼《かせ》いだ回でも、広告収入は数万だったはずだ。どうしてそんなに金を出してくれるのだろうか。だが、半端な額ではないからこそ、割り切ることもできた。もともと店長に乳首をなぶられていたのだ。

「……乳首以外に、触らないでいただけるのなら」

かすれた声で承諾《しょうだく》すると、瀬川はホッとしたように笑った。

「触るだけではなくて、唇をつけて吸ったり舐めたりするところまでも、含めてくれるかな」

そうされる場面が、脳裏に浮かんだ。

店長が直接触れなかったのは、動画に映りたくなかったからだ。だからこそ、直接誰かに吸われたり、舐められたりしたことはなかったのだが、想像してみただけで、ぞくっと身体が痺れた。

小さくうなずいて、承諾したことを伝えた。

店長と配信を始めるまで、昭博は自分の身体について無頓着《むとんちゃく》だった。それでも、一年以上かけてなぶられてきたことで、乳首が異様なほど感じやすくなっている。

そんな昭博をクローゼットの前に追い詰めたまま、瀬川は昭博のネクタイを緩《ゆる》め、ワイシャツのボタンを外していった。だが、ネクタイを完全に抜き取ることなく、ワイシャツも裾《すそ》をスラックスから引き出して前を開いただけで、アンダーシャツをめくってくる。

そんなふうにされると、ことさらはだけた部分に意識が向いた。

いつもは横に切れた一本線のくぼみでしかない昭博の乳首だが、左の乳首はさんざんつつかれたために、かすかに乳頭がのぞきかけている。瀬川がそのくぼみの上下に指をあて、そのあたりの皮膚を引っ張ると、乳頭がさらに見えてくる。

瀬川が昭博を優しく見つめて、言った。

「この恥ずかしがり屋の先端部分を引っ張り出すためには、優しく吸うといいと思うのだが」

承諾を求められている気がしてうなずいた途端《とたん》、瀬川が左の乳首に吸《す》いついた。くぼみの空気を全部吸い出され、鋭い刺激が下肢を直撃《ちょくげき》する。昭博の口から思いがけず甘い声が漏《も》れた。

「……っあ」

吸われた部分は離されず、そのまま、ちゅぱ、ちゅぱと吸われ続ける。ぞくぞくとした刺激が乳頭から全身に広がり、腰から力が抜けそうになる。

「ツン、……っあ、あ……っ」

くぼみの中でだんだんと乳頭が存在感を増していく感覚があった。吸われているのは乳首だけだというのに、下肢まで快感と興奮が伝わり、じわりじわりとそこに熱が集まっていく。

これは、乳首で達するまで配信が終わらない、というのが身体に染みついた弊害《へいがい》かもしれない。今はそんなのは関係ないから、乳首の刺激と下半身の刺激を切り離せばいい。なのに、どうにもうまくいかない。

「……ッン」

瀬川の唇が、ようやくそこから離れた。

昭博が視線を落とすと、唾液に濡れた乳首が見えた。くぼみの中から乳頭が先ほどよりもっと外に出ていた。昭博と同じところを瀬川も見ていたらしく、いつでも中に隠れているからピュアな淡《あわ》い色をした乳頭めがけて舌を伸ばした。

「つうあ！」

舌と乳頭が触れ合った途端に、ビクンと身体が跳《は》ねあがる。甘い刺激が電流のように這《は》いあがった。

こんなに乳首で感じるのはおかしい。だが、一年以上も配信でなぶられてきた身体はひどく敏感で、生々しく送りこまれてくる刺激に逐一《ちくいち》反応してしまう。

外に飛び出した乳頭は、舌先のざらつきを感じ取るだけでも気が遠くなるぐらいの快感をもたらした。

油断すると変な声が漏れそうで、昭博は歯を食いしばらなければいられない。生でなぶられるのが、こんなにも感じるとは知らなかった。

「だんだんと、外に出てきたな」

その粒《つぶ》に瀬川が吸いつき、熱い舌先でぬるぬると舐めあげられていると、産毛《うぶげ》がぞわっと逆立った。感じすぎることにびっくりして、上体が逃げそうになる。だが、背中がクローゼットに当たるから、思うように動けない。

「とても可愛い。ちっちゃなところなのに、これほどまでに君を感じさせるんだな」

瀬川が自分が与えた刺激の効果を確認するように、顔をのぞきこんできた。眩《まぶ》しいほどの美男ぶりだが、彼が嬉しいのは乳首が顔を出したからだとわかっているから、昭博は複雑な気持ちになる。

どんな顔をすればいいのかわからなくて視線をそらしたが、瀬川が敏感な乳頭を軽く指で弾《はじ》いた。それだけで、大きく身体が跳ねあがった。

「っう、……優しく……っ」

してください、と思わず口走りかけて、そのセリフの恥ずかしさに赤面する。

瀬川は指先を伸ばして、ほんのわずかにのぞいていた乳頭を、親指と人差し指の間でつまみあげた。そのまま慎重《しんちょう》に引っ張られると、下半身までズキリとするような快感が走る。

「っんっ」

さらに、乳頭に隠れる場所を与えないように瀬川の指先がそのあたりの皮膚を押し広げ、露出《ろしゅつ》されたままの粒に唇が近づいていくのがわかった。

ちゅ、と指ごとまた吸いつかれて、生々しい衝撃《しょうげき》にのけぞると、後頭部がごつりとクローゼットの扉にぶつかった。

「ッんぁ、……ダメ、……っ、離して、そこ、まだ……な……っ」

だが、瀬川の唇は、乳首に吸いついたまま離れない。ややもすれば隠れてしまいがちな乳頭を完全に外に出したままの状態にしたいのか、じゅ、じゅっとそこを吸引《きゅういん》してくる。

敏感な皮膚越しに、瀬川の熱い口腔《こうこう》と、ぬめる舌が感じられた。吸う合間に乳頭を舌先で転がされるから、巧《たく》みな快感に腰が揺れそうになる。舌の熱さも火傷《やけど》しそうなほどに感じた。刺激を与えられるたびに快感が背筋《せすじ》を駆《か》け上がっていく。

「っ、……ぁああ……っ」

男に乳首を吸われて、ここまで追い詰められるなんて思わなかった。自分はゲイというわけではないのに、どうして男に乳首を吸われることになったのか、よくわからなくなって目を閉じた。

乳首を吸われているときは、まともに考えることもできない。昭博ができたのは、びくびくと震えることだけだった。

すっかり乳頭を外に出した後で、瀬川は吸うのはいったんやめて、甘ったるく舐め回した。そうしながら、反対側の乳首のくぼみを指でなぞってくる。

「こっちは、まだ中にいるな」

へこんだ部分にむずむずとした感覚はあるのだが、外見上は特に変化はない。

だが、へこみに指を押し当て、中を探るように指を動かされると、こりっと中で抵抗がある。

同時に、ざわりと快感が抜ける。

なかなか外に飛び出すことはなくても、熱くなった身体に応じて、くぼみの中で乳頭が硬くなっている感覚がある。いつもの配信では店長は右側はあまり触れず、自然と尖って外に飛び出すさまを映していた。昭博が受け止めている快感に応じて、そちら側の陥没乳首も少しずつ姿を変える。達したときには、触れられないままでもぷっつりと尖って外に飛び出していることがあった。

隠れている皮膚の上から、コリコリと粒をなぶられているだけでうずうずしてきた。むず痒《がゆ》くてたまらないから、そちら側も無理やり外に引っ張り出して、直接刺激してもらいたい。

だが、瀬川は昭博の右の乳首から指を離した。

代わりに昭博の首からぶら下がっていたネクタイを抜き取って、ワイシャツを脱がせてくる。アンダーシャツは胸元までまくり上げたままで、手首をつかんで頭上で束《たば》ねてきた。

「手を縛ってもいいか」

少し熱っぽいまなざしとともに、頼まれた。

両腕を縛られることは動画でも常だったので、昭博としてはどうしても嫌というわけではない。だけど、手首を縛られたら逃げ場がなくなるような不安があったので、あえて冗談《じょうだん》めかせて言ってみた。

「あと十万いただけたら、いいです」

「支払おう」

躊躇《ちゅうちょ》なく承諾された直後に、手首にネクタイが巻かれる。

――いいの？

自分でも吹っかけすぎだと思った。何か言われたら、代償《だいしょう》なしで承諾するつもりだったのだ。

クローゼットの反対側の壁に、ハンガーをかけるための突起があったらしい。そちら側の壁に身体を移動させられ、手首を縛ったネクタイを引っかけられる。

そうすると、立ったまま手を下げることができなくなった。

そんな姿にされると、無防備な胸元をさらしていることをより意識せずにはいられない。それに、腕を上げたこの格好は、店長に乳首をなぶられてきた昭博に、同じ体験を蘇《よみがえ》らせる。腕を縛られて固定されたことで、淫《みだ》らなスイッチが入ってしまう。

それを、瀬川も感じ取ったらしい。目が合ったときに、微笑まれた。

「さきほどより、いい顔をするようになったな」

――いい顔って、どんなだよ……？

昭博には自分がどんな顔をしているのか、わからない。ただ耳まで熱くなったうえに、外気で冷やされてもなお、うずうずする乳首を持て余して、眉《まゆ》が寄っていくのがわかる。

しばらく放っておかれていた左の乳首に、瀬川が不意に吸いついた。

「っあ！」

乳首のほんの小さな粒を、宝物であるかのように大切そうに舌を押し当てて舐めしゃぶられる。

特に吸われるのに昭博は弱く、そうされるたびに魂《たましい》を抜かれているかのように気が遠くなった。

色づいた乳輪ごと吸引された後で、その中心の粒を唇で挟《はさ》むようにしてコリコリと弄《もてあそ》ばれる。

そうされるたびに、全身を支配するほどの快感が生み出された。

「ツン、……っあ、は、……はぁ……っ」

これはいったい何なのだと、昭博はのけぞりながら考える。

店長に器具でなぶられていたときとは、何かが本質的に違う。器具のときには、心とは裏腹に身体だけが勝手に昂《たかぶ》っていく感じがあった。

だけど、今、与えられている快感は心まで巻きこんでいく。口腔や舌の熱がそのまま伝わり、身体が芯《しん》のほうから熱く溶《と》け崩《くず》れた。

達するために無理に刺激に集中する必要もなく、否応なしに腰が熱くなっていた。その圧倒的な力に、逆らうすべがない。

「は、……んぁ、……あ、……んぁ……あ……っ」

ここまで乳首で感じさせられるとは、思わなかった。

そこをわざと音を立てて吸われると、頭がどうにかなりそうな快感で自分のものとは思えないような声を漏らしてしまう。

そのとき、瀬川が低くささやいた。

「出て、……きたな。こっち側も」

刺激が止《や》んだので、どうにか理性をかき集めながら右の乳首に視線を落とすと、桜色《さくらいろ》の清楚《せいそ》な粒がわずかに頭をのぞかせていた。

そこに指を伸ばされ、そっと撫でられる。

「っうあ！」

敏感すぎる乳首の粒に初めて与えられた刺激は強すぎて、ただ指の腹でなぞられているだけでも身体の芯がジンジンうずいてしまう。

そのとき、ぐりっと乳首を強くつままれた。

「っぁ、……っんぁ、……あ……っ」

がくがくっと腰が揺れた。頭の中が真っ白だ。下着の中で熱いものがあふれたのがわかる。だらしなくも、下肢に触れられずに射精していた。

「ふふふ」

そんな昭博の乳首から指を離しながら、瀬川が楽しげに笑った。

射精はどうにか治まったものの、下肢の力が完全に抜けて、立っていることすらやっとだ。乳首だけでイってしまったのが恥ずかしくて、瀬川と目を合わせられない。

「汚れたから、脱ごうか」

「いいです。自分で――」

手首を縛られたまま、もがこうとしたが、少しだけ飛び出した右の乳頭を指先でなぞられ、びくんとすくみあがって動けなくなる。

そんな昭博のベルトが緩められ、下着ごと着ていたものをずるりと引き下ろされる。靴下《くつした》と、胸元までまくりあげたアンダーシャツしか身につけていない姿にされた。

いまだに腰に力が戻らないことに焦《あせ》っていると、手首を拘束していたネクタイを壁から外され、軽く腰を抱いて先導されながら、ベッドまで運ばれた。

どさりと横たえられ、背中に直接、寝具の感触が当たる。

こんなふうにされるとずっと楽で、そのまま目を閉じてしまいそうになる。達したせいか、身体がひどくだるい。

だが、瀬川がその横に移動し、覆いかぶさるような形で唇をふさいでくる。触れるだけの軽いキスだったが、ごく当然のことのようにキスを受け入れた自分に、ひどく混乱した。

——キス……した。男と。

すぐそばにある瀬川の顔を、まじまじと見つめてしまう。

いつ見ても、顔がいい。これほどまでハンサムな相手でなかったら、男相手ということに生理的な嫌悪感《けんおかん》が湧《わ》いたかもしれない。自分の心を問いただしている間に、また瀬川の顔が近づいてきた。拒んだらいいのか、受け入れていいのかわからなくて戸惑《とまど》っている間に、唇がまた触れる。

——こんなの、……約束になかったよ……！

頭の中で叫んだが、そっと触れてくる瀬川の唇の感触は気持ち良くて、食いしばっている歯の力が抜けていく。

口腔内に入りこんできた舌に舌をからめられて、甘い吐息が漏れる。瀬川の重みすら心地よくて、そんな自分にますます混乱するばかりだ。

——なんだ、……これ。

こんなふうに誰かに身体を明け渡すのが、気持ちいいとは知らなかった。人肌に餓《う》えているのだろうか。腕を縛られ、ただ頭の中を真っ白にして、与えられる刺激を受け止めることに没頭《ぼっとう》する。舌がからまるたびに、自分でも知らなかった口腔内の部分から快感が生み出された。

息も絶え絶えになるほどキスを続けた後で、瀬川がじっと昭博を見下ろして言った。

「このまま、続けても？」

身体の芯がずっと燻されたように熱い。この熱を冷ます方法を昭博は知らない。だから、うなずいていた。

「……はい」

答えた自分の声を、他人のもののように昭博は聞いた。ご褒美《ほうび》といったように髪が撫でられると、それも気持ちよくて目を細めてしまう。すると、一つに束ねられた手首の上をなぞられた。

「手は縛ったままでいいか？　こうしたほうが、君の胸元のラインが綺麗に見える」

「いい……です」

縛られているだけでぞくぞくしてしまう自分に、昭博は気づいていた。

瀬川は次に昭博の足の間に屈みこみ、その太腿《ふともも》を肩に担《かつ》ぎ上げた。

「っ」

そんな格好にされたことで、昭博はハッと現実に戻る。瀬川の目の前に自分の恥ずかしいところが丸見えになる姿だ。あまりのことにすくみあがっていると、さらに足の奥に手が伸びてくる。続けて、つぷりと後孔に何かが入ってきたことに仰天《ぎょうてん》した。

それは大きなものではなかったが、何か入れられるとは思っていなかっただけに、違和感《いわかん》が途轍《てつ》もなく大きい。

「っぁ、あ……っ」

きつく力を入れても、押し出せない。そこにあるのは、もしかして瀬川の指だろうか。見えないが、それくらいの大きさと感触だ。

「やっ」

抜けないどころか、ますます入ってくるものにぞっとして、悲鳴のような声を上げて腰を振った。それが指だと確認するにつけ、じっとしていられないような刺激がそこから生み出され、それは指が何度も奥に入ってくるたびに増幅される。

体内を他人にまさぐられる違和感を、どうしても受け止めることができずにいた。だが、感じているのは違和感だけではない。不快感にまじって、重苦しいような独特な感覚が、指が動く場所から広がりつつある。それがさらに昭博の混乱を募《つの》らせた。

「抜いて、……くだ、……さい」

体内をまさぐられることが耐《た》えられずに呻《うめ》く。瀬川は昭博の足を膝で体重をかけてより押し広げながら言った。

「先ほど、続けてもいいと、……言ったはずでは？」

そのとき、瀬川の指が中にある一ヵ所をぐっとなぞった。その瞬間、ざわっと全身の毛穴が開いて、強い電流が駆け抜ける。びくんと全身が跳ねあがった。

最初は何が起きたのかわからずにいたが、再びそこをなぞられると、自分が受け止めているのは強すぎる快感だと気づく。強すぎて痛みにすら感じる痺《しび》れが、瀬川の指が押し当てられているところから全身に広がっていくのだ。

「う、あっ！」

指がそこをなぞるたびに、耐えきれずに声が漏れた。否応なしに送りこまれてくる快感に追い詰められて、声を抑《おさ》えることができない。

「っん、あ……っあ……っ」

そんなところで感じるのは恥ずかしいのに、瀬川の指は自分よりも昭博の身体を知っているのかもしれない。勝手に身体が反応する。瀬川の指があるのは、性器の裏側に当たる粘膜《ねんまく》だった。そこを指の腹で強弱をつけてなぞりあげられるたびに、性器へと直接快感が流しこまれる。出したばかりだというのに、昭博のそこは、すでに腹につきそうなほどガチガチになっていた。

ずっと胸をのけぞらせた姿に固定され、尖った乳首がジンジンとうずく中で、瀬川の指が昭博の中をぐちゃぐちゃにほぐしていく。感じる一ヵ所を経由《けいゆ》して、瀬川の指が抜き差しされるたびに、息を呑むような感覚が引き出された。

後孔をいじられるという行為に、昭博は慣れることができない。なのに、それでも流しこまれてくる快楽は圧倒的だった。乳首もいじってもらえないと、むず痒くてたまらない。なのに中だけをいじられて、昭博は体内で感じる快感に、ひたすら耐えるしかない。

「は、……ぁ、……あ……っ」

必死になって声を抑えて呼吸するうちに、瀬川の視線を意識するようになった。どんな反応も見逃さないというように、強いまなざしが昭博に向けられていたからだ。

その目は昭博の表情をじっくりと眺め、それからぷっくりとふくれあがった乳首へと移る。

まだ明るい室内だ。ホテルの寝室の分厚いカーテンは閉じられておらず、薄いレースのカーテン越しにベッドの近くまで陽光が差しこんでいる。人工のあかりなしでも十分に明るい。

そんな光の中で、昭博の全てが暴かれていた。

くちゅ、という音に視線を向けると、瀬川がチューブ状の何かを手に持って、指先に絞《しぼ》りだしているところだった。その手が足の間に差しこまれて、絞りだしたものを体内に塗りこまれる。それによって、指の動きがなめらかになり、受け止める刺激も繊細《せんさい》さを増した。さらに指が一本増やされる。

二本の指を受け止められるぐらい、腰のあたりから力が完全に抜けきっていた。ただはぁはぁと呼吸することしかできない。次第に白昼夢の中のような気分に陥《おちい》り、これが現実だとは思えなくなってきた。

あらがいがたい快感にどっぷりと浸《ひた》されて、自分の意思では逃《のが》れることができずにいる。そんな状態《じょうたい》に追い詰められる。

「う、……っぁ、……っあ、あ、あ……っ」

たっぷり中をほぐした後で、昭博は指とは比較にならない硬くて大きなものが、自分の入り口をこじ開けるのを感じた。

「え？　何？」

さすがに意識が覚醒《かくせい》して、入ってきたものを拒《こば》もうと締めつけながら腰を逃がそうとする。だが、たっぷりと濡らされていたせいで、ごつごつとした球が連なっているようなそれは、一つ一つ入り口を押し広げては、強引に襞《ひだ》を掻《か》き分けて入ってくる。

まだ開ききらない襞が、それが何なのか判別しようとからみついた。

「っは……っ！」

瀬川の性器ではないのは、ぬくもりがないことでわかる。何か異質なものだ。体温よりも少し冷たく、弾力《だんりょく》がある。おそらくは、指よりも太いシリコン製の玩具だ。

「なに、……これ……っ」

さらにぐっと根元まで入りこもうとするものを、締めつけては入れ進められてしまうことを繰り返しながら、昭博は悲鳴に似た声で問いただした。

奥深くまで入れられるにつれて圧迫感が強まり、途中から力を入れられなくなる。感覚のない深い部分まで、異物で貫《つらぬ》かれた。

「ん、……は……っ」

途中で襞のカーブと突き立てるものの角度が合わなくなったのか、一度ゆっくりと抜き取られたが、膝を抱え直され、さらに角度を変えて突き入れられた。三度目ですんなりと呑みこまされ、根元まで串刺《くしざ》しにされると、昭博は動けなくなってしまう。

それを確認してから、瀬川は満足そうに上体を起こした。

「指の次は、これだ。……痛くはない、だろ？」

「ッン」

先に進むことを同意はしたが、こんなことをされるなんて思っていなかった。

そのことを訴えたかったが、腹に少し力を入れるだけでも、中にあるものがじわりと痺れを送りこんでくる。自然と口が開きっぱなしになって、浅い呼吸しかできない。

昼過ぎにラウンジに来たときには、こんなことになるとまでは予想していなかった。

体内に異物があることで、身じろぎの一つ一つを意識してしまう。じわじわと襞《ひだ》が熱くなり、身体中の感覚も変になって、張り詰めた性器がジンジンとうずく。

それをどうにかしないことには、熱が治まりそうにない。

異物に貫かれた襞が、その違和感に耐えられずにひくひくと動き始めた。そのとき、中のものに電源が入れられた。ほんのわずかの振動だったが、隙間《すきま》もなく締めつけていた襞にそれが電撃のように伝わってきた。

ただ振動するだけではなく、奥のほうがゆっくりと回転しているのかもしれない。それが動くことで、逆らいがたい快感が粘膜から強制的に湧き上がる。こんなのは初めてで、ただのたうつことしかできない。

「……っあ、……んぁ、……あ、あ……っ」

「君の身体は、機械的な振動に弱いようだな。ずっと乳首を、ひたすら玩具でいじられてきたからか」

そんなふうに配信と結びつけられるとは思っていなかったが、すでに振動に昂る身体にされているのかもしれない。

指摘されたことで乳首に振動を与えられたときの体感が蘇り、触れられていない乳首がじんじんとうずいた。

瀬川はバイブの根元を固定したまま、しばらくは動かさない。

中を深くまで埋めつくすものの振動に、昭博の下腹部はひくひくと震えた。

じっとしていることができず、中にあるものを締めつけたり、力を抜いたりする。だけど、容赦なく襲《おそ》いかかってくる快感は遮断《しゃだん》できず、中が溶けて柔らかく開かれていく。

「ん、……ぁ、……あ、あ……っ」

じわじわと腰が痺れ、あと少しで達しそうだった。そんなとき、昭博が意識するのは乳首だ。そこに意識を集中させて快感を増幅させることで、いつも絶頂に達してきた。

それもあって乳首に意識が向くのだが、今はそこに刺激はない。じわじわと腰を満たす悦楽に腰が揺れ、刺激を欲しがって何度も腰を振る。

そのとき、瀬川の指先が昭博の両乳首を器用につまみ出し、その粒をぎりっと押しつぶした。

「ッ――――!」

声にならない悲鳴が漏れ、昭博は絶頂する。

こんなふうに瀬川が自分の貪欲な快感のありかを見抜くとは思わなかった。

たっぷり吐きだした後で全身から少しずつ力が抜けていったが、それでも中でまだ異物が振動し続けていた。

達したばかりで敏感になっているためか、襞で感じ取る刺激はますますねっとりとしたものに感じられた。その止まない振動に、昭博は腰をガクガクさせてのたうった。

残滓《ざんし》まで吐きだしたくて、性器が脈打《みゃくう》つ。

そんな昭博の手首をぐっと押さえて、瀬川が顔を寄せてきた。物欲しげに尖っている乳首をさ

らに吸いあげる。

ドクリ、と性器が脈打った。次の絶頂が、立て続けにすぐそばまで来ている。

「っん、……は……っ、っぁ、……っぁ、……っ」

その状態で吸われて、頭の中が真っ白になりそうなほど感じた。

新たな絶頂が襲いかかってきた。

「……や、……っぁ、あ、……あ……っ」

下肢でペニスが精液を吐きだしながら、暴れまわる。

なおも乳首を吸われることで、立て続けに絶頂感に襲われそうになる。

感じすぎて苦しすぎたので、どうにかしてその舌から逃れようとした。だけど手は縛られており、左右に腰をひねることしかできなかった。

乳首を吸われるたびに、そこから快感が広がって、次々と精液があふれた。反対側の乳首を指の間でこりこりされた後につまんで引っ張られ、もはやどうにもならない快感に押し上げられる。

腰を振るたびに、中にあるものが襞にグリグリと押しつけられて、声を上げずにはいられないほどの快感が走り抜けた。

「んぁ……っ！」

途中で声が出なくなった。

頭の中が真っ白になり、がくがくと身体が何度も勝手に痙攣《けいれん》したあげくに力が抜けていく。

最後には、まともに何かを考えることも困難だった。

終わった後、昭博はしばらくぼーっとして、なかなか現実には戻れなかった。何度イったのかわからない。最後はイきっぱなしになっていた。その強すぎる快感の後遺症《こういしょう》で、まともに身体に力が入らず、腰が抜けたような状態だ。

それでも、体内から異物を抜き取られるときには大きく身体がすくみあがったし、身体を丹念《たんねん》に熱いタオルで拭《ふ》いてくれた瀬川の手が、性器や足の間に触れたときには、びくりと反応せずにはいられなかった。

身体が鉛《なまり》になったように重い。このまま眠ってしまいたかったが、意識を完全に手放すことができなかったのは、瀬川がいるからだ。

どうにか息が整った後で気力を振り絞って立ち上がり、シャワーを浴びたが、全身の違和感といったらなかった。身体の中にぽっかりと穴が開いているような感覚は続いていて、乳首もまだ完全には隠れず、じんじんとうずき続けている。

服を着る気力もなく、濡れた髪のまま、ホテル備えつけの白のパイル地のバスローブを身につけて部屋に戻った。

時間の経過が、よくわからない。だが、明るかった部屋の外は暗くなり、あかりがついている。瀬川はきっちりとスーツを着こんでソファに座っていた。

そんな瀬川と比べて、バスローブの自分の姿が恥ずかしくなったが、やはり着替える気力はない。

重い身体を引きずって、空いていたソファに座る。寝室にはダブルのベッド以外にも、テーブルとソファが備わった広めのスペースがあった。

ソファの座面に沈みこむように腰を下ろすと、瀬川が立ち上がって部屋に備えつけのミニバーに近づいた。

「何を飲む？　ビール、ウーロン茶、コーヒー、水……」

「あ、水を」

喉《のど》がからからなのに気づいて言うと、瀬川がミネラルウォーターの入った瓶を持って戻ってきた。

自分で水を取りに行く気力すらなかった昭博は、恐縮《きょうしゅく》しながら受け取り、一緒に渡されたコップに注《そそ》いで口に運ぶ。

自分でも驚くぐらい、一気に水を飲んだ後で、ふうと息をついた。そのとき、無造作にテーブルに載せられたのは百万円の札束《さつたば》だった。驚いて、顔を上げる。

「約束の、礼金です」

瀬川は向かいのソファに戻り、肘掛《ひじか》けにゆったりと腕をかけて、長い足を組んだ。

昭博はまじまじと金を見つめた。

「ええと、約束してたのは、十万に、一回プラスして……」

「禁断の凹果実」

ラヴァーズ文庫をご購読いただきありがとうございます。2020年新刊のサイン本(書下ろしカード封入)を抽選でプレゼント致します。(作家：ふゆの仁子・西野 花・いおかいつき・バーバラ片桐・奈良千春・國沢 智)帯についている応募券2枚(4月、7月発売のラヴァーズ文庫の中から2冊分)を貼って、アンケートにお答えの上、ご応募下さい。

H	●ご希望のタイトル ・龍の困惑　ふゆの仁子　　・鬼上司の恥ずかしい秘密　西野 花 ・禁断の凹果実　バーバラ片桐　　・ベッドルームキス　いおかいつき
I	●好きな小説家・イラストレーターは？
J	●ご購入になりました本書の感想をお書きください。 タイトル： 感想： タイトル： 感想： 応募券を貼って下さい　応募券を貼って下さい
K	●プレゼント当選時の宛名カードになりますので必ずお書きください。 住所 〒 氏名　　　　　　　　様

お手数ですが
切手をおはり
下さい。

郵便はがき

1 0 2 - 0 0 7 2

東京都千代田区飯田橋2-7-3
㈱竹書房　ラヴァーズ文庫

「禁断の凹果実」

愛読者係行

<table>
<tr><td colspan="6">アンケートの〆切日は2020年10月31日当日消印有効、発表は発送をもってかえさせていただきます。</td></tr>
<tr><td rowspan="2">A</td><td rowspan="2" colspan="3">芳名《フリガナ》</td><td>B</td><td>C</td></tr>
<tr><td>年齢　　歳</td><td>男・女</td></tr>
<tr><td>D</td><td>血液型</td><td>E</td><td colspan="3">ご住所 〒</td></tr>
<tr><td>F</td><td colspan="5">ラヴァーズ文庫ではメルマガ会員を募集しております。○をつけご記入下さい。
・下記よりご自分で登録　　・登録しない（理由　　　）
・アドレスを記入→</td></tr>
<tr><td>G</td><td colspan="3">メールマガジンのご登録はこちらから
LB@takeshobo.co.jp
（※こちらのアドレスに空《から》メールをお送り下さい）
←携帯はこちらから</td><td>購入方法</td><td>・書店
・通販
・その他
（　　　）</td></tr>
<tr><td colspan="6">※いただいた御感想は今後、「ラヴァーズ文庫」の企画の参考にさせていただきます。
なお、御本人の了承を得ずに個人情報を第三者に提供することはございません。</td></tr>
</table>

思考力がゼロに近かったので、そのあたりがあいまいだ。

「取っておいてください」

そう言われて瀬川を見ると、軽くうなずかれる。

二百万払って配信権を手に入れた瀬川はどうするつもりなのかと考えていたが、金を請求されるどころか、さらに追加されて、どのように受け止めていいのかわからない。

瀬川は軽く指先を組み合わせていた。さすがに美男だけあって、そんなポーズが全て絵になる。

「できれば、それを支度金にしてもらえたら」

「支度金？」

何のことかと首をひねる。瀬川はすっと瞼《まぶた》を伏《ふ》せた。

「君のことについて、軽く調べさせてもらった。前の職場が倒産して、ハローワーク通いだと。よければ、私の仕事を手伝わないか」

「え？」

瀬川はスーツから名刺入れを取り出した。その一枚を昭博の前のテーブルに置く。

印刷されていたのは、瀬川グループの社章と、代表取締役社長という肩書き。それと、瀬川昌義という名前だった。かつて出会ったときには、こんなすごい肩書きではなかったはずだが、この瀬川がグループのトップなのだろうか。

「社長……？」

「うちの会社と、君が配信サービスをしていた会社が合併《がっぺい》した。確認のために配信内容を観ていたとき、あの運命的な配信を見つけた。あのときの少年だと、すぐにわかった」

その言葉に、ぞくっとする。瀬川と出会ったのは、十年前が最初で最後だ。昭博にとっては、瀬川グループの御曹司《おんぞうし》というのはとても印象的な相手だったし、とてもハンサムだったから忘れられないでいた。だが、瀬川にとっての昭博は、とるに足らない相手だったはずだ。

──なのに、……乳首の形を完璧に覚えられている……？

乳首だけで人を判別できるなんて、瀬川には特殊な能力が備わっているとしか思えない。

──やっぱり、陥没乳首マニアの人……？

名刺に視線を落としながら、昭博はごくりと息を呑んだ。

「……乳首だけで、俺だと見分けることができたんですか？」

「ああ。そう言っただろう？　あのときの少年の連絡先は保管してあったから、それから君のプロフィールを確認した。今は、ネットでいろんなことがわかる。君が卒業した学校や、就職先。そして、新卒で入った会社が倒産して、今は就職先を探していることまで」

瀬川グループは移動通信の大きなキャリアであるだけではなく、さまざまな分野に手を広げていた。就職活動のときに使ったアプリの中には、瀬川グループのものもあったはずだ。そこから情報を引き出せば、簡単にわかると納得した。

「そういうことに使っていいんですか」

目的以外に情報を使うというのは規約違反《きやくいはん》だろう。そういう意味をこめて言うと、瀬川は「すまない」と素直に詫《わ》びた。

こんな大企業の社長が、自分のような若輩者《じゃくはいもの》に詫びてくれるとは思わなかった。昭博はそのことで、好感を持つ。

「私の秘書が昇進《しょうしん》することになって、席が空《あ》いている。こまごまとしたスケジュールを管理して、私を癒《い》やしてくれる後任者を探している」

このような行為の後に切り出された秘書の職というのは、まともなものではないと考えざるを得ない。

もしかしてこれは、昭博の身体めあてなのだろうか。

——身体というか、……俺の、……乳首めあて？

呆然としたまま、聞き返さずにはいられなかった。

「その秘書の仕事の中には、……その、性的な役割も含まれているのでしょうか」

「それに答えたら、さまざまな法令違反になるな。挨拶《あいさつ》ができて、それなりに社交的で、多少のパソコンの操作ができれば、こなせる仕事だ。基本的なパソコン操作は、できるはずだよな」

「できますけど」

瀬川は昭博を見つめながら、ソファの背に体重を預けた。

「無理に、とは言わない。君は仕事を探している。私は癒やしを求めている。需要と供給が噛《か》み合ったので、誘《さそ》ってみた。どうしても無理というのなら、ここで別れて、それっきりにする」

断るのが当然だろうが、その申し出に心が揺れた。

仕事は今、死ぬほど欲しい。瀬川グループの仕事ならば、安心だ。田舎の親に連絡したら、かっての高級菓子のお礼の件で瀬川に好感を持っている母は、なんという素敵な縁だと喜ぶだろう。企業トップのそばで仕事ができたら、勉強になることも多いはずだ。

これからの生活を考えても、安定した仕事は欲しい。

——だけど……。

どうしても引っかかるのは、性的な役割のことだった。

このまま疑問をぐっと抑えこんで、瀬川の秘書としての誘いを受けることもできるはずだ。瀬川になんとなく惹かれもする。この魅力的《みりょくてき》な男とこのまま別れてしまうのは惜《お》しい。だが、どうしても引っかかるので、昭博は勇気を振り絞って尋ねてみた。

「癒やしの役割ということは、どの程度のセクハラを我慢《がまん》しなければならないのでしょうか」

「承諾は、取る。君の合意なしでは、指一本触れないことを約束する」

その言葉に、昭博はぐっと息を呑んだ。

——承諾を取ってくれるのなら、大丈夫か？

大企業の社長がどんな仕事をするのか知りたい。サポート役に興味があった。セクハラが気になりはするが、さきほどの行為を思い返してみても、死ぬほど嫌ではなかった気がする。

——一応、今日もずっと、合意を取ってくれていたし。

礼金も弾んでくれた。

自分の身体に価値があるということが、ずっと昭博にはしっくりこないままだ。だから、この申し出にも及び腰になっているのだが、陥没乳首が瀬川にとって価値があるというのなら、それを利用してしたたかに生き延びるのもありなような気までしてくる。

――よ、……よし。頑張るか。

昭博は腹をくくることにした。

自分の身体が金になるなんて驚きだし、今でも何かの間違いとしか思えない。だが、この偶然の再会は、かつての自分の善行の見返りではないだろうか。

だったら、この幸運を生かすべきだ。

――それに、辞めたくなったら、いつでも辞められるし……。

どうせ、家にいても仕事はないままだ。家賃の支払日が近づいてくることに怯《おび》えて日々を過ごすよりも、やれるだけのことをしたほうがいい。

「でしたら」

おずおずと了承すると、瀬川は嬉しさがにじんだ笑みを浮かべた。

その笑顔に、惹きこまれる。自分が了承したことで、ここまで嬉しそうにされるとは思わなかった。

――こんな可愛い笑い方するんだ？

昭博のほうまで嬉しくなる。

「勤務は来週からでいいか？　うちの人事課に連絡させよう。現住所はここで問題ないか」

モバイル機器を操《あやつ》って、確認される。

なんだか急速に事態が変化していて、昭博はそれに翻弄《ほんろう》されるばかりだった。

──あの後、ホテルの最上階にあるレストランで食事をして、……それから。

秘書としての初出勤の朝。昭博は瀬川グループの本社ビルのエレベーターに乗りながら、今までのことをぼうっと振り返ってみる。

夕食までご馳走《ちそう》してもらえるとは思わなかったが、最高級のフレンチはとてもおいしかった。瀬川は学生時代のことなどいろいろと質問をしてきたが、あれは就職面接代わりだったのだろうか。

どんなことが得意で、大学での専攻は何だったのか。サークルやバイトはどんなことをしてきたのか、興味深そうに聞き出された。

スーツを着るのは、瀬川と会ったあの日以来だ。

その翌日に人事課から連絡があり、履歴書などいろいろな書類を送付することとなった。すると初出勤の日にビルの最初のゲートを通るための仮カードが送られてきて、初日にはそれを使ってビルに入り、人事部を訪ねるようにという指示が入っていた。

パリッとしたスーツ姿の社員にまじってエレベーターを降り、まずは八階の人事部に向かうと、顔認証のための写真を撮られた。それから社員証が発行され、就職に関してあれこれ説明を受け、書類にサインをした後で、瀬川の前任の秘書が呼ばれた。彼に案内されたのは、重役室が並ぶという高層階フロアだ。

昭博は代表取締役社長付きの秘書となり、社長室と秘書室が勤務場所だ。廊下に面した手前の手狭な部屋が秘書室になっていて、そこで秘書としての仕事の引き継ぎが行われた。

もうじき、海外の子会社の責任者として栄転するという眼鏡《めがね》の秘書は、切れ者っぽくテキパキと説明した。まずはスケジュール管理について、丁寧に教えてもらう。すでに入っているスケジュールや、その管理ソフトの使い方、アポイントが入ったときの、重要度においての振り分け。融通《ゆうずう》を利かすべき相手。

さらには代々引き継がれているという秘書マニュアルを、最新版に更新したものを渡してくれた。わからないことがあったら、それを見ればいいらしい。人間関係のファイルもあって、会社の重役や取引先の役員など、そのそれぞれの性格や好物といった細かなメモまでついている。

――すごい。こんなものが。

昭博の仕事は、瀬川のスケジュール管理に、電話やメールの応対などだ。さらには、来客への対応や、会議に使用する資料を作成したりすることもあるらしい。瀬川が瞬時に情報を確認できるように、秘書室に届く資料のファイリングなども含まれる。

「ただ、ファイリングとは言っても、ボスが使用するためというより、君の知識のためといった意味合いのほうが大きいかな。こちらの業界とは無縁だった、って聞いてるし」

眼鏡秘書の言葉に、昭博はドキリとした。昭博がしたことのある仕事は営業だけで、秘書は未経験だ。瀬川は彼に、何と言って後任を見つけたと伝えたのだろうか。

──それに、……この秘書の人も、癒やしの仕事をしていたのかな。していたのだったらどんな感じなのか聞いておきたいが、していなかったら藪蛇《やぶへび》だ。なかなか切り出せない。

眼鏡秘書は秘書室の中の備品について一通り説明してから、昭博に言った。

「社長はさして、新人には期待してない。スケジュール管理など、まずは失敗しなければそれでいい。仕事をしていく中で、見込みがあると見たら次の仕事を任せてくるし、ダメだと思われたら、別の部署に配属《はいぞく》される」

昭博の仕事の範疇《はんちゅう》には、社長室の掃除《そうじ》やお茶出し、瀬川の身の回りの環境《かんきょう》整備も含まれるそうだ。

「車は別に、運転士がいる。外での会合や打ち合わせには、特に言われない限り同行する必要はない。ただ、移動する前後にスケジュールを運転士と打ち合わせたり、出張のときの移動手段やそのためのチケット手配、出席するためのスーツやネクタイの準備や、いろんな雑用をこなしてもらうことになる」

眼鏡秘書は秘書室の一角にあるクローゼットを開いた。そこには、会合やパーティに応じた瀬川のネクタイやスーツが一式揃っていた。

そのそれぞれの選びかたを説明された後で、昭博は尋ねてみる。

「ボスは、どんなタイプですか」

秘書室は社長室に比べれば手狭だが高級感があり、パソコンの載った広い机《つくえ》と革張《かわば》りの肘掛け椅子がある。

　眼鏡秘書は、軽く顎《あご》に指を添えた。

「うーん……。ドライで有能。基本的には、一人で何でもできる。ただ仕事量が多いから、そのサポートを秘書に振っている感じかな。最初のころは失敗しても、ボスがフォローしてくれるから、致命的なミスにはならないはず」

　秘書の仕事ということに不慣れな昭博にとって、それは安心できる答えだった。

「ただ、それに甘えていると、こいつは使えないと切られる」

「わかりました」

「あとね。人間関係はびっくりするほど淡泊《たんぱく》。他人には興味がないいんじゃないかな。仕事以外で、会社の人間と付き合ってるところを見たことがない。そういうあたり、人情派の昔からの重役たちは不満らしいけど、部下としては、仕事時間以外に拘束されなくて助かるかな。とはいえ、困ったことがあったら正直に伝えれば、解決してくれるボスではある。そのあたりは信頼していい。労働法も守る」

　——労働法も？

『癒やし』の仕事とかセクハラされることが気になっていたが、それは昭博だけの事情なのだろうか。

　眼鏡秘書の話を聞く限りでは、安心できる上司ではあるようだ。だが、仕事以外で会社の人間と付き合うことはない、という言葉が引っかかる。

——つまり、前任者は、ボスと性的な関係はないってこと？

そのあたりをもう一歩踏みこんで探りたかったが、さすがになかなか言葉が見つからない。

他にこまごまとした業務を教わり、数日の引き継ぎののちに、昭博が一人で秘書を任せられることになった。眼鏡秘書は来月から海外の支部に異動となり、そこで新事業を立ち上げる一員となるようだ。

昭博が最初に与えられた社の資料によると、瀬川グループの国内での売上高は四兆を超え、営業利益は約一兆の増収増益の会社だ。グループ二万五千人のトップである瀬川は毎日とても忙しく、慣れないうちは会議や打ち合わせのダブルブッキングを防ぐだけでも一苦労だった。

ただ、瀬川は最初のうちは、スケジュール管理などをいちいち確認してくれた。それがこなせるようになると、出張や会議の手配、その会場の設定や、会食の手配まで任せてくれるようになった。

——ひゃー……。緊張する……。

特に会食の手配が難儀《なんぎ》だった。企業トップが会合に使うような高級な店など、昭博はまるで知らない。そんなときには、前任者が残してくれたメモが役に立った。最初のころはそのメモを参考に店を予約し、他の会議の待ち時間などにその店まで出向いて、周辺の店まで下見する。そんなことを重ねていると、少しずつ新しい店も開拓《かいたく》できるようになってきた。ネットなどの情報の真偽《しんぎ》を見抜く力も磨《みが》かれてくる。

——だけど、うちのボスは遊ばないんだな。

二週間も経《た》ったころ、昭博が思ったのはそんなことだった。

引き継ぎの時点で、昭博は守秘義務の厳守《げんしゅ》を言い渡されている。

だからこそ、昭博が瀬川の情報を漏らすことはないのだが、毎日、重役フロアで顔を合わせる他の重役秘書は昭博に気を許しているのか、わりと口が軽かった。

いかにもお堅く見える重役のお楽しみが会食の後に風俗店に行くことだとか、愛人を囲っていることなどを教えてくれる。その愛人と連絡を取るのも秘書の仕事らしいのだが、昭博にはその手の仕事はない。それどころか、瀬川に浮ついた話は一切ないようだった。

他の重役秘書も、そのことが疑問らしい。

前任の眼鏡秘書は口が堅かったらしく、その手の情報を決して漏らすことはなかったそうだ。それもあって不慣れな新人秘書から聞き出そうとしていたみたいだが、朝からずっと身近で勤務している昭博の目にも、瀬川に愛人や恋人などはいないように思える。何回か、家柄《いえがら》のいいお嬢さんとお付き合いした過去もあると他の秘書から聞いたのだが、自然消滅《しぜんしょうめつ》して、今は一人のようだ。

――へー。本当に陥没乳首にしか興味がない？

そんなふうに考えつつも、昭博はひっきりなしにかかってくる電話やメールや郵便物の対応に追われる。

だが、一ヶ月も経てば少しずつ慣れて余裕が出てきた。

今、重役会議で話題になっているのは、新たな基地局の増設についてのようだ。

移動通信業界では、少し前までは政府の政策によって新規参入が多く行われ、群雄割拠《ぐんゆうかっきょ》の時代が続いていた。それでも一度決めたキャリアをあまり変えたがらない国民性もあって、瀬川グループの業績は順調に推移《すいい》していた。

そんなときに新しい移動通信システムが実用化されたことで、瀬川グループはその対応を迫られている。

ネットワークの整備が進み、四月からの実用化に向かっての新しい料金プランなどの会議が、連日続いていた。

自分の携帯料金にも関係があることだったので、昭博はその議論の行方《ゆくえ》を興味深く見守っていたのだが、瀬川はその細かな調整などに神経をすり減らしていたようだ。

頼まれた書類を仕上げて社長室に持っていったときに、昭博は瀬川がソファに仰向《あおむ》けになって眠っているのに気づいた。靴《くつ》がソファの足元にキッチリ揃えて置かれている。

それを見た昭博は、引き返してコーヒーを淹《い》れて戻った。疲れているのだから、これが必要だろう。

こと、とテーブルにカップを置くと、その音に気づいたのか、瀬川が軽く身じろぎをして、昭博を見た。手招きされてそばに寄ると、そっと腕を伸ばして腰を抱き寄せられた。

「っわ」

そのことにびっくりする。強く引っ張られたのでバランスを崩《くず》して瀬川の腕に倒れこむ形となった。入社して一ヶ月、その手の誘いはまるっきりなかった。すっかりその気はなくなったのかも、と解釈《かいしゃく》しつつあっただけに、こんなふうに抱きしめられると固まって動けなくなる。

「合意を取りたいのだが、少しだけ抱きしめてもいいだろうか？」

懇願《こんがん》するようにささやかれ、どう答えようか迷う。セクハラだと拒むこともできるはずだ。だけど、一ヶ月ぶりのぬくもりがやけにしみたし、一緒に仕事していく中で瀬川に好感も抱きつつあった。

それに、身体に教えこまれた甘い刺激が忘れられない。時折《ときおり》、蘇っては昭博を惑《まど》わせてきたのだ。

「……いい、ですよ」

戸惑いながら言うと、そのままさらに引き寄せられた。ソファに寝転ぶ瀬川の顔のあたりに胸元が当たるほど、上体を倒すよう求められる。

スーツの上着もネクタイもつけたままの胸元に、瀬川が下から顔を埋《うず》めた。

「……癒やされる……」

服越しでも、吐息の温かさを感じ取って、ぞくっと身体が痺れる。こんなふうにしただけで、身体が芯のほうからじわじわと熱くなった。吐息に反応して、へこんだままの乳頭が尖っていく。

抱きつく瀬川を持て余しながら、両手と膝をついた姿を崩せない。

「まさか、職場でもこんなことされるとは、思いませんでした」

「最高の癒やしだ。嫌だったら、離れろ」

「こんなふうに腕を回されていたら、離れられませんよ」

そう言いながらも、昭博の体からは少しずつ力が抜けていった。

緊張はするものの、自分が瀬川の癒やしになっているのは嬉しい。抱き寄せられることで、昭博のほうもなんだか癒やされているような気分までする。

「胸に顔を埋めるぐらいならいいですが、それ以上はダメですよ」

やんわりと言うと、瀬川は昭博の胸元にますます頬《ほお》を擦《こす》りつけた。

「それ以上というと、……ここを吸うとか?」

「そうですね。隠れているものを、わざわざ引っ張り出して吸うとか」

「物理的に、まだ吸えないな」

残念そうに言った後で、瀬川はしがみついていた昭博の背から腕を解いた。身体を起こせと伝えるように軽く肩を押した後で、瀬川自身もソファで身体を起こす。

もう十分に癒やしの効果を得たのかもしれないが、こんなふうにあっさり離れられると少し残念だ。そう思ってしまった自分に昭博は狼狽《ろうばい》した。

——何だ、これ。

瀬川はテーブルに置かれたままのカップを引き寄せ、少し冷めたコーヒーを口に運んだ。

「頼まれていた書類、こちらです」

手渡すと、瀬川は書類に視線を落とす。だが、すぐにコーヒーの味に違和感を覚えたらしく、ソファに座ったまま昭博を見上げた。

「甘いな?」

「お疲れだったようですので」

いつになく、ぐったりとしているみたいだったから、いつものブラックコーヒーに、たっぷり砂糖を入れておいたのだ。

淹れ直せ、と言われるかもしれないと思ったが、瀬川は柔らかく笑った。

「そうか。今日は、こういうのがうまく感じるな」

その横顔に惹きつけられる。いつもは真顔だから少し怖く感じることもあるが、不意うちで見せる表情のいちいちが瞼に灼きつく。定時は少し過ぎていたが、その書類について修正点があるのか知りたくて、昭博は少し緊張しながら、次の発言を待った。

前の仕事を辞め、無職だった期間が長く感じられただけに、働けるのが嬉しい。

もっときわどいセクハラもあるのかもしれないと覚悟していたのだが、意外なほど秘書としてのまともな仕事を求められ、充実感を覚えていたところだ。

「書類はこれでいい。ところであらためて、頼みがあるのだが」

真剣な顔で切り出されて、昭博はドキッとした。いつもはここまでの緊張感なく仕事を言いつけられるだけに、これはただ事ではない。

「なんでしょう」

「乳首を、吸わせてくれ」

あらためて切り出されて、昭博は思わず笑ってしまった。胸元に顔を埋めただけで落ち着いたのかと思いきや、むしろもっと欲しくなったらしい。

ここまで正面から頼まれると、許してもいい気がしてくる。

「……いいですよ」

だが、瀬川は驚いた顔をした。

「いいのか?」

「はい」

「では、……合意の上ということで、なおかつ、礼もしよう」

几帳面《きちょうめん》に言い出されて、昭博はまた笑ってしまう。返礼なしでは、触ってはいけないと思っているようだ。だがそれは昭博の身体を商品扱いしていることを意味しており、これは取り引きなのだと言外に伝えられている気もした。

――つまり、勘違《かんちが》いするなと。

「今、ここで、でしょうか。それとも、別の場所で」

「ここで、お願いできるか。それに、君の移動の時間を奪うのも忍びない」

「わかりました」

昭博はうなずいて、スーツの上着を脱いだ。それを秘書室にあるハンガーにかけてくるついでに、万が一、誰かが訪ねてきてもいいように、ドアの外側に不在の表示をして鍵をかけた。

社長室に戻ると、ソファに腰かけたままの瀬川に手招かれる。

瀬川の前に立つと、抱き寄せられた。胸元に顔を埋められ、ささやかれる。

「鼓動が、速くなってるよ」

「そりゃあ、緊張してますから」

これから乳首をなぶられるのだと思うと、腹を決めたはずなのに身体ががちがちになっている。それでも少しでも役に立ちたくて、割り切ることにした。

立ち上がった瀬川によってネクタイが抜き取られ、ワイシャツのボタンが外されていく。アンダーウエアを胸元までめくり上げられ、胸が露《あら》わになった。

そうされているだけでも肌がゾクゾクして、くぼんだままの乳首のあたりに感覚が集中していく。

そんな姿の昭博に、瀬川が熱っぽい視線を向けてきた。

「今日も、手を縛ってもいいかな?」

その手には、外したばかりの昭博のネクタイが握《にぎ》られていた。数少ないネクタイをしわしわにしてしまうのはどうかと思ったが、前回はそうされたことでやたらと感じた。

「はい……」

「すまない。今度、君に似合うネクタイを贈ろう」

「スーツは汚さないように、お願いします」

念のため言っておく。何せ通勤があった。下着とシャツは、急な出張に備えてロッカーに予備を置いてあるが、スーツまではない。

「善処《ぜんしょ》する。君も、汚さないように頑張りたまえ」

そんなふうに上司の顔で言われながら、手首を背中で一つにまとめてくくられた。手首に跡《あと》が残らないようにか、かなり緩く巻きつけられたようだが、どんな結びかたをしてあるのか、引っ張っても手は抜けない。

胸元を反《そ》り返《かえ》らせているだけで、落ち着かない気分になった。隠れたままの乳頭がチクチクうずいてくるから、余計にどんな顔をしたらいいのかわからない。

そんな昭博の胸元に、瀬川がことさら視線を浴びせかけてきた。

「あれから、……自分で、……いじってみた？」

頭の中を見透かされたようで、昭博は焦った。

乳首からの快感が忘れられなくて、自慰《じい》のときには手がそこに伸びた。だが、瀬川にされたときのように気持ちよくならなかったし、なかなか外に出てもくれなかったので、早々に諦めたのだ。

「っ、……してません」

だから、この答えでも、たぶん、嘘《うそ》にはならないはずだ。

だが、瀬川はそれを受け入れようとしない。

「本当に？　だったら、前回より敏感になっていないか、確認しようか」

そんな言葉とともに、瀬川は人差し指をくぼみに押し当てた。円を描くように動かされた後、ぐりっと隠れたままの乳頭が押しつぶされた。

「っんぁ」

いきなり鋭い刺激を受けて漏れた声に、瀬川が言った。

「静かに」

ここは重役フロアで、壁は分厚い。防音もしっかりしているから、他の部屋から物音が響いたことがない。

それでも瀬川に言われると、声が漏れることもあるのかもしれないと考えて、必死になって声を殺す。

またぐりっと、指先でくぼみの中を押しつぶされた。指でこね回されるたびに中で尖っていく気配があって、じっとしていられずにあえぐ。だが、瀬川は中にある粒の弾力が増していくのを愉《たの》しむように、くにくにと指先で圧迫する手を止めてくれない。

「吸うには、……まずは隠れたものを外に出さないといけないからね」

「ぁ、……っあ、……んぁ……っ」

皮膚越しに感じる粒を押しつぶされて、じわじわと身体が熱くなった。ぐりぐりと圧迫を加えられて乳頭から快感が広がり、中でどんどん変化しているのがわかる。

隠れたままの乳首をこりこりともてあそばれると、腰が動いてしまいそうだった。

「っン」

「だんだん、見えてきた」

宝物を見つけたように、ささやかれる。

昭博は自分の胸元をちらっと見た。くぼみから、桜色の乳頭が少しだけ頭をのぞかせている。

待ちかねたように唇を寄せられ、まずは熱い舌先でぬるりとなぞられた。普段は隠れているところだけに、それだけでも身体が溶け落ちそうになる。

たっぷり表面を舐め回してから、じゅう、と音を立てて、乳首を吸われた。

「ひ、あっ！」

刺激が加えられているのは、いつも通り、左の乳首だけだ。右側は全く触れられていない。おそらく刺激なしでも尖って外に出てくるまで焦《じ》らされるのだろう。

そう思うと、その焦れったさに身体がさらに熱く痺れた。

何度も吸われた後で、柔らかい舌先が乳首にまた触れてくる。ざらつきまで感じ取れるほど舌が密着していた。乳首を執拗《しつよう》に舐められていると、口元が緩んで唾液があふれそうになる。

新たな刺激が欲しくて上体が揺れたとき、瀬川が強く乳首を吸った。

「っんぁ、……っぁ、……んぁ、あ……っ」

吸われるたびに、乳頭がどんどん外に吸い出されていく感覚がある。必死になって声を殺そうとしているのだが、吸う合間に舌を動かされて舐められ、さらに軽く歯を立てられると、声に意識を回している余裕などなくなる。

乳頭が完全に外に引っ張り出され、その小さな部分で受け止める刺激が倍増した。餓えたように何度も強く吸われて、昭博はのけぞる。

「っ、……強、……すぎ……ます……っ」

快感が過ぎて、じわりと目じりに涙まで浮かんだ。

「ン？」

「……もっと、やさ、……しくしてくだ……さい」

その訴えに、瀬川は乳首に吸いついたまま動きを止めて、昭博を見た。瀬川が息継ぎをするだけでも、舌がかすかに動く。それを敏感すぎる乳頭が感じ取った。

「じゃあ、優しくしよう」

吸う代わりに、外に飛び出した部分をあらためてぬるりぬるりと舌先だけで舐められる。性器が下着の中で熱く熱を帯びていくのはまだしも、後ろの孔までもが熱くなっていくことに、昭博は狼狽した。

「っん、……っ」

そこを前回なぶられたことで、乳首と中の感覚がつながったのだろうか。

――だけど、そこは今日はされないよな？　乳首を吸うだけの約束だし……。

それでもうずくような感覚が付きまとって、昭博は後ろの感覚を振り切ろうとかぶりを振る。

だが、感じまいとすればするほど、中はじゅくじゅくとむず痒い。

乳首の行為が終わるまでの辛抱《しんぼう》だと、必死になって我慢しようとしていた。なのに、スラックスの中で性器が窮屈《きゅうくつ》になっていくのを感じ取る。スーツを汚したくないから、絶対に射精まで追いこまれてはいけない。なのに、乳首を絶え間なく吸われるのが気持ち良すぎて性器は昂りを増していく。

「っう、あ……っ」

吸われるにつけ乳頭がジンジンと熱を帯び、いじられていないほうの乳首までひどくうずいた。

そちらのほうも早く引っ張り出して、指先でうずきが落ち着くまで擦りあわせて欲しい。そんな切実な欲望が頭の片隅《かたすみ》にこびりつき、振り払えなくなってくる。

より強い愛撫が欲しくて、いつの間にか胸元を反り返らせていることに気づいて、昭博はぎゅっと背後でこぶしを握った。手を縛られていなかったら、瀬川の頭をつかんで胸元に押しつけていたかもしれない。

――あ、……イき……そう……。

刺激を与えられない右の乳首がうずいて、ことさら上体をひねっているのに気づいたのか、瀬川がそちらに指先を伸ばした。まだ完全に外に出ていない右の乳首に爪《つめ》の先を引っかけ、ぎゅうっと強引に引っ張る。

「っぁ、……っぁ、あ……っ」

ずっと欲しかった刺激が与えられたことで、乳首と直結した腰で快感が爆発《ばくはつ》する。

爪によるジンジンとした痛みまじりの快感もたまらなくて、がくがくと腰が揺れた。このまま達してしまいそうな衝動に全てを任せそうになった寸前《すんぜん》に、不意に瀬川が指を離した。

「んっ」

あと少しの刺激が途絶えて、狂《くる》おしさが高まる。

詫びのように、ペロリと舌先で舐められた。だけど、爪をかけられて引っ張られたときの強烈な刺激は、そんな柔らかな刺激では置き換えられない。じわりと涙がにじんだ昭博の顔を、瀬川がのぞきこんだ。

「痛かったか？　それとも」

「……っ」

答えられないでいると、右の乳首を指先でパチンとはじかれる。

「あっ！」

一瞬の痛みの後に快感がじわりと広がり、うずいてたまらないそこを嫌というほど刺激してもらいたくてたまらなくなる。

次こそは右の乳首を吸ってくれるだろうと期待を高めたのだが、瀬川が取り出したのは哺乳瓶の吸い口だけを独立させたような、シリコン製の透明な部品だった。

なかなか外に出てこない昭博の頑固《がんこ》な乳首を尖らせるために、店長がよく使っていたのと同じものだ。だから、それがなんだか知っている。

瀬川は昭博の右の乳首に、その乳頭矯正器を押しつけた。哺乳瓶の吸い口のような部分を肌に載せて、ぐっと押す。陰圧によって乳首が吸い出され、皮膚の中にある乳頭にきゅっと鋭《するど》い快感が走った。

「っあ！」

いつもよりも、ずっと強く感じてしまったのは、昭博の右の乳首が半ば外に引き出されて、刺激を受け止めやすくなっていたからだろう。ずっと誰かに乳首を吸われているように、じんじんする。しかも、人間だったら息継ぎの必要があるし、ずっと強く吸い続けることは不可能だというのに、この道具では吸引力が継続する。

「っぁ、……っちょっと、……これ……っ」

じっとしていることができずに、昭博は肩を動かした。

「痛いか？」

透明だから、中の様子が少し見える。陰圧になったくぼみから、すっかり乳頭が外に引っ張り出されているのかもしれない。

「痛くは、……ない……ですけど」

強い刺激ではあるのだが、痛いのとは違う。

ジンジンと、その器具の中で乳首がふくらんでいくのがたまらない。だけど、早くそこから解放して、直接吸って欲しい。その刺激が欲しかった。もどかしくて、耐えきれない。だが、そこに意識をずっと向けていられなかったのは、反対側の左乳首に瀬川が吸いついたからだ。

「っんぁ……っ！」

両方の乳首から、それぞれの別の快感が襲いかかる。

その閃光《せんこう》が頭の中を真っ白に染めあげた瞬間、昭博は性器に触れずに達していた。

「は、……は、……は……っ」

少し乱れた、自分の吐息だけが響《ひび》く。

射精すれば、急速に身体の熱が冷めていく。自慰のときはそうなのに、相手がいる場合はそうではないのが不思議《ふしぎ》だった。まだ乳首が甘くうずくし、不完全燃焼のように全身がジリジリする。

だが、昭博の射精によって、瀬川はハッと我に返ったようだった。

昭博の手を拘束していたネクタイを解き、ゆっくりと離れた。それから、どこかよそよそしく言われた。

「ありがとう。いい癒やしになった。そのまま、帰ってくれてかまわない」

「……はい」

達したことで、昭博のほうもいたたまれなくなっていた。早く下着をどうにかしないと、スラックスまで汚してしまう。その処理《しょり》をするために急いで洗面所に向かおうとしたが、まだ右の乳首に乳頭矯正器がついたままなのに気づいた。

「これ、……どうします？」

自分で、ぎこちなくその器具を外しながら聞いてみる。吸われていた部分全体がうっすらと赤くなって、くぼみから小さく乳頭がのぞいていた。あまり触れられないままの右の乳首はうずいていたが、身体の熱が冷めた今は、ヒリヒリとした痛みに変化しつつある。

瀬川はちらっと昭博のほうを見て、机の前の椅子に移動しながら言った。

「それは、君に。たまに装着したら、陥没したのが治るかもしれない」

「治したほうがいいですか？」

聞いてみたのは、なんとなくだ。瀬川がどちらの状態が好きなのかわからない。

瀬川は愚問《ぐもん》だとばかりに即答《そくとう》した。

「その必要はない」

それだけ聞いた昭博は、あいまいにうなずいて急いで服を着る。アンダーシャツを押し下げ、ワイシャツのボタンをはめて、ネクタイを締め直す。まだ赤いままの顔を誰かに不審《ふしん》に思われるかもしれないが、それより早く下半身をどうにかしたくて、抱えこんだ上着で下腹のあたりを隠すようにしながら化粧室へと急いだ。

目指す場所は重役用フロアの廊下を少し歩いたところにある。

重役フロアに勤務する人の数は少なく、いつでも空いているから、案《あん》の定《じょう》、誰にも会わずに個室に逃げこむことができた。下着を脱いで新しいものに着替える。スラックスまで汚さずに済んだようだ。

その後で便座に座りこんで、昭博は息を整えた。まだ身体が落ち着かない。

特にムズムズするのは、外界に引っ張り出されたものの、結局、何も刺激を受けなかった右の乳首だ。そこがむず痒くてたまらず、気づけば服の上から指先で擦っていた。

「……っ」

布地と擦れただけでも、じわりと身体の芯まで快感が走る。こうなると、空いていたもう片方の手で性器を握らずにはいられず、スーツを汚さないように注意しながら本格的に始めていた。

「っ、……は、……は……っ」

射精したばかりだというのに、こんなことをしている自分がいたたまれない。しかも、ここは

できない。就業時間後とはいえ、職場だ。こんなのはいけないと思うのに、身体が熱くて、どうしても解消

身体をなぶりながら、脳裏に思い浮かべていたのは、瀬川のことだった。瀬川の手や舌の動きを思い浮かべながら、性器をしごく。どこか物足りないのは、後孔に刺激がないせいだと気づいた。

――そっちは、……いじられなかった。

それでも一度いじられた体感が消えず、何もない後孔がきゅうっとむなしく締まった。そこがひくつくたびに、ぞくぞくするような快感が広がっていく。そこを瀬川の指で暴かれ、器具を入れられたときの体感が蘇っては、昭博を惑わす。そのときのどうにかなりそうな圧迫感が、興奮とともに思い出される。乳首をいじる手も、脳裏で瀬川のものに入れ替わった。瀬川はもっと淫らなことをしないのだろうか。ただ乳首をなぶっているだけで満足なのか。

「――っ……！」

トイレの中で、また昇《のぼ》りつめた。

じんじんする乳首を持て余しながら、昭博は息を整えつつ、遠い目をする。

耳元で、瀬川の声が蘇った。

『あれから……自分で、……してみた？』

どんどん恥ずかしい身体にされていくようで、昭博は頭を抱えずにはいられない。

〔三〕

一ヶ月と少し経《た》ち、昭博《あきひろ》は他の秘書ともかなり馴染《なじ》んできた。

給湯室はそれぞれの部屋にはなく、フロアごとに設置されている。来客があるときにはそこで飲み物を準備することになり、他の重役の秘書とも顔を合わせる。

最初はエリート然とした秘書たちに気圧《けお》されるばっかりだったが、昭博はカフェバーのバイトを長く続けていたから、飲み物の淹《い》れかたについては詳しかった。ラテアートの作りかたを教える代わりに秘書の仕事について教えてもらうなどしているうちに、他の秘書たちのマスコット的な存在として定着したようだ。何かとお菓子や差し入れをもらったりなど、可愛がられるようになった。

勤務を続けるにつけ、社内での瀬川《せがわ》の立場もわかってきた。

瀬川はグループの大株主であり、創業者社長の後継者なのだが、社内には根強い抵抗勢力がある。

創業時から会社を支えてきた古株《ふるかぶ》の重役たちだ。現場の苦労も知らずに、いきなりやって来たぼんぼんだと、瀬川に反抗する気持ちがあるらしい。

だが、技術革新が進み、それらに重役たちは理解が追いつかなくなっているようだ。だんだんと保守的になっていくばかりの重役連中を、瀬川が持て余しているのがわかった。

——そんな敵のボスが、池之端専務《いけのはたせんむ》。

この池之端専務は、重役会議のたびに何かと瀬川に異議を唱《とな》える。ほとんど感情を表に出さない瀬川だが、池之端専務を苦々しく思っているのが伝わってきた。

池之端専務は五十代半ばのロマンスグレーの端整《たんせい》な容貌《ようぼう》で、その世代にしては身長もあるし、スーツ姿もパリッと決まる。映画俳優のような雰囲気《ふんいき》のある男だ。出張のたびにセンスのいいお土産《みやげ》を買ってきて秘書たちや関係部署にまで差し入れするから、ことさら秘書受けはいい。

今、瀬川と池之端専務の衝突《しょうとつ》が激化しているのは、新しい移動通信システムに合わせた基地局の具体的な設定についてだった。

新たなシステムは四月からの利用となる。それに合わせて、基地局の再整備が行われている。都市部や人口が多いところでの増設は終了し、今は第二段階として地方の基地局の整備が行われていた。

そして現在、話題となっているのは、第三段階として、過疎地《かそち》部分をどう整備するか、ということだ。

住民は少ないから、それだけでは採算が取れない。だからこそ、そこまではカバーしなくてもいい、というのが池之端専務たち古株の主張だった。

だが、瀬川は飛躍的にスピードアップした通信速度を生かして、通信での過疎地医療を提案した。さらには農業や他の産業を遠隔操作《えんかくそうさ》で効率化させるプランを描き、それらの異業種とタッグを組むことで、採算は取れる、と主張する。

――すごいな。新しい……。

昭博にとっては、びっくりすることばかりだ。通信の速度が飛躍的にアップすることで、今まで不可能だったことが可能となるとまでは思わなかった。

瀬川はモデルケースとして、やる気のあるローカルエリアと組んでの実証《じっしょう》実験まで切り出した。すでにそこと話も進めているらしく、具体的なプランについての資料を配布し始める。

だが、それに猛然《もうぜん》と反対したのが、池之端専務だ。

「そりゃあね。我がキャリアとしてはずっと、いつでもどこでも通じる、と打ち出してきましたよ。そうであるのが理想だし、それがユーザーの安心や信頼につながってきた。ですがいつまでもそんなことをやっていけない。採算を度外視して、独自の電波塔《でんぱとう》をこんなところにまで乱立させる必要はありません。先行している他キャリアに、相乗りさせてもらえば十分。異業種とタッグを組むなんて、面倒を背負いこむだけだ」

それに瀬川が反論し、議論は紛糾《ふんきゅう》した。

さんざん説明した後で少し熱くなったのか、瀬川が池之端専務に向けて言い放った。

「あなたはいつも、私に説教してきたはずだ。『いつでも無難《ぶなん》に、平穏《へいおん》な道を歩みすぎる』ってね。そんなふうに言っていたあなたが、どうしてここで引くのかわからない」

池之端専務は少しカチンと来たらしいが、ぐっとこらえて切り返した。

「今は、攻めよりも守りの時期だと言っているんです。あなたが行った無謀《むぼう》な合併《がっぺい》の失敗が、今になって響き始めて来たでしょう」

「無謀とは何だ。あなたも賛成《さんせい》していたはずだ。むしろ一番大きな損失《そんしつ》を抱えたのは、専務が提案したサカモトソリューションズとの合併であって……」

――うっわ……。

感情的なぶつかり合いになってきたのを察して、昭博は他の秘書とも目くばせしあい、休憩《きゅうけい》をうながすためにコーヒーを準備し始める。

おそらく、この調子では今日の会議はまとまらないだろう。

瀬川がここしばらく、東北のローカルエリアと連絡を取り合い、ときには顔を合わせて熱心に話を進めていたことを知っているだけに、残念な気持ちになった。

どうして池之端専務が賛成しないのかが理解できない。本当に採算性の問題なのだろうか。

――単に、社長の提案が気に入らないとも思えるけど？

重役会議では、結局、第三段階となるローカルエリアでの電波塔増設について、結論を出さないまま終わった。二週間後の会議で、引き続きの協議となるらしい。

部屋に戻る瀬川の後を、昭博は付いて戻る。

少し遅くなったが、これから昼食だ。

社員食堂から届いていた瀬川の松花堂《しょうかどう》弁当を社長室に運び、さらにお茶をその横に置いて出ていこうとすると、引き留められた。

「君も、一緒にどうだ？」

「いいんですか」

「昼食ぐらいは自由に食べて、息抜きしたいというなら、無理にとは言わないが」

今まで瀬川は昼食中も書類やモバイル画面に視線を落とし、食べながら仕事をしているようだった。だから、邪魔《じゃま》をせずにいたのだ。

――今日は仕事ないのかな？

不思議に思っていると、ハッとしたように瀬川が続けた。

「あ、社食か？　もしくは外に食事に行きたいのなら、無理に合わせる必要はない」

「あ、いえ。弁当、持ってきました」

こんなふうに誘《さそ》ってくるところを見ると、今日の瀬川は誰かとしゃべりたい気分なのかもしれない。そう判断して、昭博は自分の弁当と飲み物を持って、社長室に戻った。

社長室の応接用のテーブルで向かい合い、二人で食事をすることになる。瀬川が社にいるときの昼食は昭博が手配するのだが、社食の中の野菜多めの弁当をランダムで注文しておけばいい、という前任者からの引き継ぎだった。好き嫌いはないそうだ。

対して、昭博の弁当は肉ばかりだ。ご飯の上に焼いた肉を敷き詰めただけの昭博の弁当を見て、瀬川が言った。

「肉が好きなのか」

「好きです。お腹がいっぱいになるし、焼くだけなので、簡単です」

「たまには、ちゃんと野菜も食べなさい。社食なら野菜もたっぷりついてる。私のを頼むときには、君のも頼んでいい。支払いは、私につけておいてくれれば」

「お母さんみたいなこと、言いますね」

瀬川の意外な世話焼きが面白くなって、昭博はクスクスと笑った。

「帰省するたびに、俺の大好きな唐揚《からあ》げを山ほど作りながら、野菜も食べろってうるさいんです」

「今は若いから何とかなるが、だんだんと健康の大切さを実感するはずだ。社食の件は本気なので、今後はそうするように」

「……でしたら、遠慮《えんりょ》なく」

瀬川の申し出がくすぐったくて、昭博は肩をすくめた。

「けど、社長はちゃんと食事とってるんです？　お昼以外」

瀬川がぐっと詰まったのを見て、あれ？　と不思議に思う。

「俺、朝は時間がないし、昼は肉食べたいので、がっつりいってますけど、夜ご飯にはちゃんと野菜食べてますよ。自炊してます。社長はどうなんです？」

気になって問い詰めてみると、瀬川ははーっとため息を漏《も》らした。

「夜は会食だ」

「ないときは？」

「……できないよ、料理なんて」

正直に返されて、昭博はまた笑った。

瀬川の多忙《たぼう》さは知っている。だからこそ、秘書としてそれを軽減するために頑張っているのだ。

料理をする時間がないというのは、とても納得できた。

「どうしてるんです？　会食がないとき」

「帰りに店に寄ってもらったり、デリバリーを頼んだりしている」

行き帰りはたいてい社用車だ。瀬川の夕食事情は、運転士のほうが詳しいのかもしれない。

「でしたら、社長のほうがよっぽど不健康では？　今度、俺が何か作りましょうか」

鍋《なべ》ぐらいなら、自分でもふるまえるかもしれない。そんなふうに思ったのだが、プライベートに踏みこみすぎているかもしれないと、ハッとした。

「あ、……その、今は何でも、お店で食べられますよね」

「いや。いつか、何か作ってくれれば嬉《うれ》しい」

そんなふうに返されて、昭博はなんだか甘酸っぱい気持ちになる。どちらの家で作ることになるのかわからないが、互いの家に招待し、されるなんて、恋人同士みたいだ。

ぎこちない空気が流れて、どんな顔をしていいのかわからなくなる。

社交辞令《しゃこうじれい》で言ってくれたのかどうなのかわからなくなって頭がぐちゃぐちゃしてきたので、昭博はいったん話題を逸《そ》らすことにした。

「その、ですね。社会勉強として教えて欲しいのですが、さっきの会議聞いてて、池之端専務が社長に逆らうのは、電波塔を建てることに反対なのか、それとも、社長に反抗《はんこう》したいだけなのか、どっちなのかな、と思ったんですけど」

「ん？」

それは、昭博が幼いころに母が教えてくれたことだった。

自分と意見が対立する相手がいたら、まずはその意見を聞く。反対しているのはその内容についてなのか、昭博が単に嫌いだからなのかをまず判断する。

そうしたほうが、何かと問題解決は容易《たやす》い。

子供の喧嘩《けんか》の延長線上で何気《なにげ》なく口にしたのだったが、ハッとしたように瀬川が身じろぎ、箸《はし》を止めて考えこんだ。

「どっちかな」

余計なことを言ったかと、昭博は反省する。

だが、瀬川は本気で考えているようだ。しばらくしてから、口を開いた。

「そんな観点で、考えたことはなかったな。池之端はいつでも私の意見に反対してくる。今回についても、いつものか、としか思わなかった。だからこそ、論破《ろんぱ》してやりたくなったのだが」

「ですけど、今日のは何か、いつもより強硬《きょうこう》でしたよね？　強く反対するときって、それだけその対象に思い入れがあるときが多いんです。……あ、でも、すみません、余計なことを」

「いや」

瀬川は考えながら、思い出したように箸を動かし始めた。

途中でまた気になったらしく、肉を頬張《ほおば》った昭博に言ってくる。

「昼食、やはり肉が多いのは気になる」

「でしたら、次からお言葉に甘えます」

瀬川からの好意が伝わってきて、昭博はくすくすと笑った。

——いい人なんだよな。

瀬川に気にかけてもらえるのは、嬉しい。

気に入られているのは自分の陥没乳首《かんぼつちくび》なのだが、上司としては理想的だ。

もう少し距離を詰めてみたかったが、上司と部下という立場になってしまったことで、どこまでプライベートに踏みこんでいいのかわからなくなっていた。

——そもそも、ボスは俺の陥没乳首にしか興味がないのでは？

そんなふうにも思う。

その舌の熱さだけは胸に刻《きざ》みこまれていて、昭博は彼にどんな感情を抱くべきか、いまだにわからずにいるのだ。


昭博は、なかなか仕事ができた。

思いがけない拾いものをしたと、瀬川はほくほくしてしまう。

前の眼鏡《めがね》秘書も仕事はできたのだが、昭博のように瀬川を癒《い》やすことはなかった。秘書の仕事にはそこまで含《ふく》まれていないのだから、当然だ。

だが、昭博の胸に顔を埋めると、途轍《とてつ》もなく癒やされる。その小さな乳首を吸《す》っているときほど、心が満たされることはない。

――もっと甘えたい。

出勤して昭博の姿を目にするたびに、瀬川は真顔でそう思う。だが世間は厳《きび》しく、それぞれの人権を守るための決まりがある。瀬川は赤ちゃんではなくて三十代の男性だし、相手の合意なしでそんなことをしたら、警察《けいさつ》に突き出される。

どうにか金を積むことで合意を得られてはいるのだが、この甘い癒やしのときがいつまで続くのかとも思う。そのありがたみを感じれば感じるほど、失ったときの喪失感を予感せずにはいられなかった。

貴重だからこそ、昭博の胸に顔を埋めるのはどうしても耐えきれないときに限っている。だが、その癒やしの行為以外でも昭博の秘書としての仕事は、瀬川を助けてくれた。

コーヒーが飲みたいと思ったときにはタイミングよく出てくるし、疲れたときにはそれに甘味も加わる。甘いココアを出してくれたこともあった。

今まで瀬川は、何に関しても合理性を優先してきたような気がする。だけど、合理性では割り切れない癒やしが、そこにはあった。

それに、会議や会合のときの準備の手順や先方への手土産など、気が行き届いている。

何かと適応力が高い。昭博を秘書として採用する際に、元の職場の上司や同僚《どうりょう》を探し出して調査したのだが、評判は悪くなかった。慣れない営業職に配属《はいぞく》されて苦労していたようだが、あの不況下《ふきょうか》でも成績は同期ではトップだったそうだ。

――それに、昭博の持つ、癒やし力。

自分よりも年下なのに、包容力《ほうようりょく》を感じる。思い起こせば、昭博と出会えたのも、彼が見ず知らずの自分を助けてくれたからだった。あの出来事があってから、瀬川は何かあったら他人を助けようと心に決めたのだが、行き帰りが車になったこともあって、誰かがたまたま倒れているような場に行き当たったことがない。

――人として、昭博は徳が高い。

そんなふうに昭博のことを高く評価した後で、瀬川は昨日、昭博に言われたことを思い出した。何かと瀬川に突っかかってくる池之端専務だが、彼は瀬川が嫌いで反対しているのか、純粋《じゅんすい》にその政策に反対なのか、尋ねてきたのだ。

ずっと考えているが、いまだに答えは出ない。単に自分が嫌いで反対していると思っていたが、以前、頑《がん》として反対されたときには、それなりの理由があった。瀬川が気づかなかったその問題点を指摘されたことで、大きな失敗をせずにすんだ。

――だとすると、池之端専務と一度腹を割って、話をする必要があるのか？　だが、私は、……どうも、相手と屈託《くったく》なく話をするのが苦手だ。

取締役社長になってからはなおさら、相手は皆、瀬川に対して構えてかかる。若くして代表取締役社長になったからこそ、瀬川のほうも何かと相手に侮《あなど》られないように肩肘《かたひじ》を張る必要があり、偉《えら》ぶった態度が身についた結果なのかもしれない。

偉大《いだい》なる創業者だった父が亡くなって、十年だ。いまだに重役たちと、しっくりとした関係は築けていなかった。

半ば諦《あきら》めてもいるのだが、やはりいろいろと経験も積んでいる重役たちに教わり、うまくやっていきたい気持ちもあった。良き知恵も取り入れたら、事業もスムーズに回るだろう。

——とはいえ、何をどうしたら……。

池之端専務とうまくやる方法がわからない。彼と仲良くすることよりも、瀬川にとっては昭博との距離を詰《つ》めるほうが大切だ。

——彼はどこまで、私を受け入れてくれる……？

目を閉じれば、いつでも昭博のつつましやかな乳首が瞼《まぶた》に浮かぶ。いつでもそこに吸いついて、思う存分吸いたくてたまらない。

だけど、どこまで踏みこんでいいものか、読めないから困る。

先日、射精してボーッとした昭博の顔を眺《なが》めていたとき、どうしようもない欲望がこみあげてきた。

少し汗《あせ》がにじんで、桜色《さくらいろ》に肌が上気していた。涙《なみだ》がうっすらと目元に浮かび、開きっぱなしになった口元がたまらなく蠱惑的《こわくてき》だった。そんな姿を見ているだけで、自分の中で欲望のマグマがかつてない強さで湧《わ》き上がってきたのだ。

そのときはどうにかやり過ごしたものの、次にそんな機会があったら、同じように自制できる自信がない。だからこそ、どうするべきかと瀬川は途方《とほう》にくれる。これほどまでの欲望を覚えたことがなかったからだ。

どうしてここまで、昭博が特別なのかわからない。

乗っていた社用車の外で夜景が移り変わる。海外に出張していた瀬川は、本社ビルの地下にある駐車場に到着した。時刻は夜の八時を過ぎていたから、直帰してもよかった。必要な連絡は随時《ずいじ》、秘書の昭博から入ってきたし、社に戻る必要はない。

それでも、わざわざ社に戻ることにしたのは、留守中に届いた決裁が必要な書類を直接確認しておきたかったのと、それ以上にささやかな願いがあったからだ。

――昭博に、会いたい。

空港に到着した時刻から逆算したら、ギリギリ定時に間に合うか間に合わないかぐらいの時間だった。だからこそ運転士に社に戻るように伝えた。だが道路が混んでいて、こんな時刻になった。

特に用事がないときには、昭博には残業せずに帰宅するように命じてあるから、必ずいるとは限らない。

瀬川は地下の駐車場から重役フロアまで、エレベーターで一気に上がる。だが、鍵《かぎ》がかかっていると思っていた秘書室のドアはあっさり開いた。

ドアを押し開いて中を見ると、そこにいた昭博と目が合う。

「……っ、ただいま」

まさか昭博がこの時間までいるとは思わず、瀬川は思いがけない嬉しさに笑顔になる。昭博は引きこまれたように瀬川を見て、それからふわりと笑った。

「おかえりなさい」

「すみません。少し、整理しておきたいデータがありまして」

「急ぎか？」

「というわけでは」

まっすぐに自分を見ている昭博の姿に、まさか自分を待っていてくれたのかもしれないと、うぬぼれそうになる。だが、そこまで愛される理由が見つからなくて、瀬川はその考えを頭から振り払った。

代わりに、下げていたキャリーケースを身体の前に移動させて屈《かが》みこんだ。

「土産を買ってきた」

昭博に会えたのならば、すぐにその品を渡したい。

「俺にですか？　……というか、秘書室にですよね」

一瞬驚《おどろ》いた顔をした昭博は、すぐに照れたように笑った。昭博は自分だけが特別扱《あつか》いされるはずがないと思っているらしいのだが、それは瀬川のことを特別に思っていない、という意味の裏返しに思えてならない。

瀬川は取り出した包みを、昭博に手渡した。

「君へのプライベートなお土産だよ。ネクタイだ。前に、新しいのを渡すと約束したから」

「っ、……そう、でしたね」

社内でその愛らしくくぼんだ胸元に口づけさせてもらったとき、邪魔になる手首をネクタイで束ねた。そのときに、皺《しわ》になったネクタイの替えを渡すと言ってあった。

「開けていいですか」

「もちろん」

丁寧に包みを開いていく昭博を、瀬川はじっと見つめる。通り一遍《いっぺん》のお土産品ではなく、現地ブランドの質の良い品だ。昭博の肌の色といつものダークスーツに合った、さわやかなブルーを選んだ。

気に入ってくれるか心配だったが、昭博はネクタイを見た後で嬉しそうに笑ってくれた。

「素敵ですね。高かったんじゃないですか」

「そうでもない」

本当は取締役社長として、公式の場で着用できるほどの品だったが、自分の思い入れを知られたくなくて、瀬川はとっさにそう答えた。

昭博はネクタイを箱から取り出して、胸元に押し当てた。秘書室の端《はし》にある鏡《かがみ》の前まで移動して、その姿を眺めてから、瀬川のほうに向き直った。

「似合います?」

「ああ。とても」

そんな愛らしい姿を見ていると、触れたいという欲望がむらむらとこみあげてくる。瀬川は立ち上がって、昭博の前に立った。

「ネクタイを締めてあげよう」

実際に昭博がそのネクタイをつけたときの姿が見たい。

「自分でできますよ」

そうは言われたのだが、昭博は今までつけていたネクタイを抜き取って、瀬川に任せてくれる。

だが、正面からだとネクタイを締めるときの手順がわからなくなったので、瀬川は昭博の背後に回りこみ、腕を前に回す形でネクタイを締めた。

昭博の背後から、一緒に鏡をのぞきこむ。

「似合うね」

今の昭博のスーツにも肌の色にも映《は》えて、一段とさわやかだ。

「ありがとうございます。なんか、いいですね、これ」

昭博の笑顔を見て、瀬川も嬉しくなる。

ここで別れて、今日は何事もなく帰宅したほうがスマートだと思っていたのだが、昭博の身体の感触をスーツ越しに感じ取ったことで、ひどく落ち着かなくなっていた。

五日間の海外出張の後だ。その間、昭博に会えずに来た。その不足分を摂取《せっしゅ》したくて、昭博の身体に腕を回し、肩口に顔を埋めて懇願《こんがん》せずにはいられなかった。

「とても疲れてる。今日も君で、……癒やしてもらってもいいか？」

びくっと昭博の肩が震えた。だけど、振り払われる気配はない。抱きしめたままじっと答えを待っていると、ささやくような声で言われた。

「はい。いい……です」

「礼はする」

反射的《はんしゃてき》にそう口走ってしまった直後に、瀬川は後悔《こうかい》した。これでは金で昭博を買っていると思われる。

金や権力で部下を好きに操《あやつ》るようなことはしたくない。それでも、見返りは与えたい。断られたくない。昭博の気持ちが知りたいのに、拒《こば》まれるのが怖くて、先手を打ってしまう。

だとしたら、どんなふうに誘ったらいいのかわからなくて言葉を探していると、昭博が振り返った。

彼が浮かべているのは自嘲《じちょう》の笑みのようにも見えたが、それよりも目の前で結んだばかりのネクタイが解《ほど》かれ、スーツの上着のボタンが外されていくことに瀬川は目を奪われた。

「でしたら、お好きなように。いつものように、吸うんですか」

これからの行為を予感しているのか、昭博の表情が強張《こわば》り、緊張《きんちょう》に声がかすれていた。こんな昭博を前にしたら、後はどこをどうしようか、ということしか考えられなくなる。

出張の最中、ことあるごとに彼のことを思い出し、その身体を好きにすることばかり夢想していた。

「吸いたい」

正直に口にすると、昭博は笑って、スーツの胸元を開いてくれた。

さんざん吸わせてもらったから、昭博の乳首は尖《とが》って外に飛び出している。その小さな乳首に吸いつくと、まるで最初から自分のためにあつらえた品のように唇に心地のよい弾力が戻ってくる。

だからこそ、夢中になってそこに吸いつかずにはいられなかった。そうするたびに昭博の身体がビクンと震え、肌の色が桜色を帯びていくのがたまらない。そんな反応も楽しくて、好きなだけたっぷりと乳首を吸いまくってしまった。

だけど、今日はそれ以上のことがしたかった。

瀬川はソファで膝立ちになってスーツの上着を脱ぎながら、まだぼんやりとしている昭博に尋ねてみた。

「今日は、……この続きをしてもかまわないか？」

「……っ」

陥没乳首を愛撫《あいぶ》するだけで満足しろ、と日々、瀬川は自分に言い聞かせている。どこまで嫌われずに関係を深められるものなのか、わからないからだ。それでも、もっと昭博の全てを手に入れたい気持ちはふくれあがっていく。

特に乳首を吸った後、快感《かいかん》でとろとろになっている昭博の顔を見下ろしていると、頭の中で何かが切れた。昭博の全てを自分のものにしたい。もっと快感を与えたい。一つになりたい。そんな思いのあまり、息が詰まりそうだ。

ぼうっとしているようだから同意してくれそうだったが、もう一押しだと考えたときに重ねて口走っていた。

「礼は、する」

――しまった……。

瀬川は唇を噛《か》む。

瀬川グループの跡取《あとと》りとして生まれた息子に、父は幼いころに教えてくれた。

『何かしてもらったら、ちゃんとお礼をするんだよ』

父は忙《いそが》しくて、ほとんど息子の教育には関われなかった。だから、お礼をするというのがどんな意味なのか、瀬川は子供のときに取り間違えた。

親の教育方針《ほうしん》で小学校までは地元に通ったが、瀬川の家が桁外《けたはず》れの金持ちだと知っているクラスメイトから金銭《きんせん》を要求されたせいもあったのかもしれない。思い出してみれば、何かと金をばらまく嫌《いや》な子供だった。

見返りなしで何かをしてくれようとする友人も、いないわけではなかったはずだ。それでも瀬川としては、金で礼をしたほうが簡単でわかりやすいと考えた。

社会人になり、役付きになってからはなおさら、その傾向が強まった。仕事で業績を上げた社員には、報奨金《ほうしょうきん》を支払う。そのほうが彼らは喜ぶし、やる気を出してくれる。そんな運営方針でやってきたのだ。

金の価値は知っているつもりだ。それがどれだけ他人にとって、役に立つのかも。瀬川の手元にはそれが山のようにあるのだから、自分への貢献度《こうけん》に合わせて分け与えればいい。

特に、昭博に対してはそうだ。金を払う以外に、どうやって報《むく》いていいのかわからない。

「礼、ですか」

困ったように昭博はつぶやいたが、次の瞬間、ぞくっと身のうちに走った快感をやり過ごすように目を細めた。だけど、今はどこも触っていない。何を想像して感じたのだろうか。

昭博は熱い吐息を漏《も》らして、瀬川を誘った。

「いいですよ。……俺も、……落ち着かなくなって……」

乳首をさんざん吸って、いじって、射精させる寸前まで追いこんでいる。昭博は照れくさそうにそう言った後で、そそくさと上体を起こして服を脱《ぬ》ぎ始めた。

「先って、……どこまでするんですか？」

瀬川のほうも身体を起こしたが、昭博が脱ぐ姿をじっと見つめてしまう。余計な肉のついていない、若くて綺麗《きれい》な身体だ。どのラインもとても好みだ。

「だったら、好きなところまでさせてもらえるか」

そんなふうに言いながら、下着まで脱いだ昭博の手をつかんでソファに組み敷いた。

手を伸ばし、まだ硬くて芯《しん》が通ったままの性器をなぞる。他人に触れられることに慣れていないのか、ビクンと過剰《かじょう》にすくみあがるのが可愛い。

「今日は後ろのほうも、可愛がっていい？」

痛みは与えたくなかった。昭博は後孔を使うのに慣れていないから、ことさら慎重《しんちょう》にうかがいを立てる。

一瞬、怯《おび》えたような表情を見せたが、軽くうなずいてくれた昭博の膝を両方立て、その間に瀬川は身体を割りこませた。ぎちぎちに張り詰めた昭博の性器から手を離し、その足の付け根まで指でなぞっていく。昭博の身体がすくみあがるのがわかった。

一度手を引っこめて指の腹にクリームを出し、それを縁《ふち》のほうから中まで塗《ぬ》りこんでいく。

「っく……っ」

どうしてもそこをいじられることに抵抗があるのか、押し出そうとするかのように襞《ひだ》にぐっと力がこもった。その襞から指を抜き取り、さらに中に塗りこむためにクリームを絞《しぼ》りだしてから、また指をつぷりと突き立てることを繰り返す。

満遍《まんべん》なく襞をなぞって塗りこみながら、昭博の感じるところを探っていく。ペニスの裏側のあたりに、おそらく感じるところがあるはずだ。

あたりをつけて指を動かすと、あからさまに反応が違うところがあった。

「っぁ……っ」

びくっと身体が大きく震え、今までとは比較にならないほど指が締めつけられる。腰が大きくせりあがったが、見つけ出したポイントを逃《のが》さないまま指の腹でなぞると、また同じ反応があった。

「くっ」

同時に、熱い息が漏れる。眉を寄せた表情がたまらなく扇情的《せんじょうてき》だった。

もっと感じさせたくて、瀬川はソファの背もたれの部分を押して完全にフラットにすると、顔を寄せてささやいた。

「自分で足を抱えこんでくれる？」

「えっ」

「こうやって」

昭博の膝をつかんで、ぐっと胸元に押しつける。そうすると、ぎこちなく昭博が自分で抱えこんだ。

無情なほど大きく開かせたその足を、昭博自身が固定している姿がたまらない。こういう恥ずかしい姿に感じるのは、今までの行為で確認ずみだ。瀬川としても、昭博のそんな姿を見るのは眼福《がんぷく》だった。

「っ」

「こうして開いていれば、ご褒美《ほうび》をあげるよ」

そう言い残して瀬川は一度ソファから降り、机《つくえ》に隠《かく》しておいたものをつかんで戻った。

手にしていたのは、うずらの卵よりも少し大きいぐらいのピンクローターだ。どうすれば昭博に負担をかけず、快感だけを与えることができるのか、熟考した結果だ。いきなり瀬川の性器を入れるのは負担が大きすぎるから、まずはこれでトロトロに溶《と》かしたい。

ローター部分にスキンをかぶせ、ぬるぬるになるまでローションをまぶして準備してから、昭博の入り口に押し当てた。

「入れるよ」

昭博の表情を見て強い拒絶《きょぜつ》がないのを確認してから、それを指先でぐっと中に潜《もぐ》りこませる。

「う、…あっ……！」

括約筋《かつやくきん》を通るときにそれなりの抵抗はあったが、ぬるりと呑《の》みこんだ。だが、瀬川がそれを指の届くところまで押しこんでいくにつけ、その感覚が異様なのか、昭博が小さく震えているのがわかる。それでもつかんだ膝は離さないのだから、おそらくここまでは許容範囲《きょようはんい》のはずだ。

まだ中は貪欲《どんよく》に刺激を欲しているようにひくついていたので、一つを奥まで押しこんでから、さらにもう一つ、同じピンクローターを入れていった。

二個も入れられるとは思っていなかったようで、昭博はぶるっと腰を震わせて、あえいだ。

「……っ、…こ……んなの……っ」

「中からコードが二本見えてる。いやらしいな」

言葉にしたことでその光景を想像したのか、昭博が悩ましく眉《まゆ》を寄せた。

さらにもう一つあったから、押しこむことにした。

指で一つ目を可能なかぎり深い位置まで移動させ、二つ目のローターをそれに押し当ててさらに奥まで押しこむ。それから三つ目を呑みこませたことで、中がみちみちになった。

「あっ、……深……っ」

ローターによる充溢感《じゅういつかん》を昭博も感じるらしく、のけぞってあえいだが、その恥ずかしい孔は淫《みだ》らにひくひくしている。

だからこそ、昭博の身体がローターでどこまで感じるのか試してみたくなった。

三個目のローターを押しこみながら、感じる位置を探っていたときだ。

「っぁ！」

昭博が大きく反応した。びくっと腰を跳《は》ねあがらせ、息を呑んで声にならないあえぎを漏らす。感じるところにローターが当たったのだと理解した瀬川は、すかさずローターのスイッチを入れた。

「っぁ！　つうぁ、あ、あ……っ」

中にあるものが前立腺《ぜんりつせん》に細かな振動を送りこみ、昭博の腰がさらにびくびくと動く。ローターの細いコードを三本はみ出させた昭博の後孔が、締まったり緩《ゆる》んだりしているのが見てとれた。

そんな昭博の膝をつかんで動けないようにしてから、瀬川はその部分を凝視《ぎょうし》した。

「っん、…っあ、……っふ、……っあ」

瀬川の視線を恥ずかしい位置で感じ取るのか、それとも中で受け止める刺激のほうが強いのか、昭博の太腿《ふともも》や腹筋が痙攣《けいれん》している。

昭博の性器は硬く反《そ》り返《かえ》って、蜜《みつ》をあふれさせていたが、今はそこには触れない。この反応を見れば、ローターが嫌ではないのが見てとれる。

さらに、放置したままの乳首が硬く突き出しているのが目についた。

瀬川は自分のネクタイを抜き取り、膝をつかんでいた昭博の両手を頭上に移動させながら尋ねた。

「縛《しば》っても?」

昭博は薄く目を開いた。涙がにじんだ表情がたまらなく色っぽい。昭博のこんなときの表情は絶品だ。目が離せなくなる。

「……だめ、……です……っ、こんな……の…」

「だけど、この身体は嫌がってないよ? ほら、こんなにあふれてる」

張り詰めて蜜に濡れた昭博の性器の裏筋《うらすじ》を、瀬川は指の先でなぞった。

「あっ、……あ、……あ、あ……っ」

「ほら、ね」

びくびくっとあえいだ後で、昭博は観念したように唇を震わせた。

「い……です……っ」

かすれた声で答えた後で、昭博はふと気づいたように視線を上に向けた。縛るために使うのが瀬川のネクタイだというのが、気になったらしい。

「そこの、……俺の、使ってください。……よれよれですから」

少し離れたところに、昭博が瀬川のお土産のネクタイをつけるときに外したネクタイが置いてあった。前回、縛るときにもこれを使っていたはずだ。

「いや、だが」

もしもお気に入りだとしたら、もっとよれよれにさせるのは申し訳ない。そう思って自分のものを使おうとしたが、昭博は言葉を重ねた。

「い、……です。そのほうが、……馴染《なじ》みますし」

柔らかくなっているから、手首が擦《こす》れなくていいのかもしれない。そう判断した瀬川はうなずいてネクタイを引き寄せ、あらためて昭博の手首をそれで縛った。

縛ると少しのけぞる形となり、扁平《へんぺい》な胸元にぷつんと浮き出した乳首が強調される。だけど、少し放置していたために、両方の乳首は半ばくぼみに隠れかけていた。

だからこそ、また外に引っ張り出したくて、瀬川は取り出した乳頭矯正器《にゅうとうきょうせいき》をそこにかぶせた。片方ずつ出っ張った部分を押して空気を押し出すと、乳首がきゅっと吸い出される形となる。

「っん……、あぁああ……っ」

そんなふうにされると、昭博はいつでも乳首からの刺激を意識せずにはいられなくなったらしく、先ほどよりさらに悩ましい表情になった。眉を寄せて、刺激に耐《た》えているさまがたまらない。

「大丈夫か?」

乳首を吸いすぎて痛みを与えていないかと、気になって尋ねる。すると昭博はぞっとするほど艶《つや》っぽい目で瀬川を見て、かすれた声で答えてくれた。

「だいじょうぶ、……です」

性器は硬く勃《た》ったままで、大きく開かせた足の奥では後孔が物欲しげに蠢《うごめ》いているのが見てとれる。

瀬川はさらに快感を与えたくて、感じるところに当たっている三つ目のローターだけではなく、他のローターのスイッチも次々に入れていく。

「っう、ぁ……っ！　ぁああ……っ！」

モーター音とともに、昭博の声も漏れ聞こえるようになる。

さらに、感じるところのローターのスイッチを『ランダム』に変えた。そうすると中のローターがバラバラに動くらしく、昭博は耐えられないように腰を揺らす。

そのうち中のローターがごつごつとぶつかり合い、そのたびに思わぬ刺激が突き抜けるようで、昭博はびくりびくりと腰を揺らした。だんだんと中の刺激が耐えられないレベルになってきたのか、昭博はぎゅっとこぶしを握《にぎ》って、快感をやり過ごそうとしているような表情になる。

時間をかけて、身体をとろとろにした後の、昭博の中の柔らかさを指で探ったことを思い出して、瀬川はごくりと息を呑んだ。

この後、どうしようかと考えたとき、ふと瀬川のスマートフォンが鳴り響く。

「――っ」

なんと無粋《ぶすい》な電話だと思った。すでに時間外だし、せっかくのお楽しみを邪魔《じゃま》されたくない。無視しようと考えながら、スマートフォンをスーツから取り出す。とりあえず、誰からなのかだけ、確認しようとした。

だが、その名前を見て、瀬川は動きを止めた。

海外の大口の投資先に関して、情報収集を頼んでいた相手だ。

何か特別な情報がつかめたのかと、気になって無視するわけにはいかなくなった。瀬川は昭博の手首を縛ったネクタイの端《はし》をソファに固定し、自分だけ身体を起こしてスマートフォンを耳にあてる。

「ハロー。……そうだ、瀬川だ」

話しながら昭博に待っていろとばかりに軽くうなずきかけ、部屋から出ていく。秘書である昭博に聞かれても大きな問題はないのだが、目の前に彼がいると目に毒《どく》だ。

今はその姿が目に入らないほうがいい。

それに電話を終えて戻ってきたとき、彼の身体がどれだけ甘く変化しているか、楽しみだった。

瀬川の電話は長引いているようだ。

昭博の耳には、体内からのモーター音が絶《た》え間なく届く。その音は受け止める快感と密接《みっせつ》に結びついていた。音が大きくなるにつれ体内を走るぞくぞくもより濃密《のうみつ》なものに変わり、音が小さくなると少しだけ楽になった。

――どっちにしても、すごく感じる……っ。

特にローターとローターが体内でぶつかりあってごつっと反発するときの刺激は、息を呑むほどに鮮烈《せんれつ》だった。機械的に流しこまれる快感が積み重なり、腰から下がどろどろに溶けている。

ソファに仰向《あおむ》けに横たわり、立てた膝と膝を擦りあわせるようにして昭博は耐えていた。だが、どんなに足を動かしたところで、体内の深い部分に直接流しこまれる刺激は軽減できない。

「っふ、……は、……は、……は……っ」

休むことなく体内にある三つのローターが蠢く刺激には、慣れることはなかった。ローターの動きや振動が、それぞれバラバラなせいもあるのかもしれない。

それと同時に、乳首からもずっと何かに吸いつかれているような刺激が消えてくれない。

――ぬめぬめしてて、……しかも、ずっと吸われっぱなし。

乳首だけでも射精まで追いこまれるのが、昭博の身体だ。しかも今回は、体内のローターによる刺激も加わっている。むしろイかないようにするのが難しいほどで、瀬川が姿を消してから間もないというのに、絶え間なく腰が動いてしまう。

「っう、あ！」

感じるところの粘膜《ねんまく》に押し当てられたローターは、どんなに腰を振ってもずらすことはできない。それどころか、他のローターとぶつかりあって、ほんの少しだけ位置がずれたらしい。それはむしろ余計に感じる部分を直撃《ちょくげき》することになって、小刻《こきざ》みに声が漏れてしまうような快感が続く。唇は開きっぱなしだった。

「っは、……っは、……は……っ」

刺激が直接芯に響いた。前立腺を内側から弾《はじ》かれ続けているような感覚が途切《とぎ》れず、つま先まで痺《しび》れてくる。

「……っん、……っあ、……あ、あ……っ」

――あ、……イキそ……。

腰のあたりから、馴染みのある感覚が広がっていく。

ドアの向こうから、遠く瀬川の声が聞こえていた。

これが自宅での自慰《じい》行為だったら、昭博はとっくに達しているだろう。積み重なった快感はすでに絶頂レベルを超えている。

だが、瀬川が電話を終えてここに戻ったとき、一人で達している昭博を見てどう思うだろうか。

——……恥ずかしいとこ、……見られたくない。

そう思って必死に我慢《がまん》しているのに、瀬川の電話はなかなか終わらないようだ。

体内に呑みこんだローターが、圧倒的な快感を送りこんでくる。すでにその部分は甘く溶け、ひくひくとした蠢きが止まらない。

さらに乳首もシリコンの中で限界まで尖っていた
——も、……無理……っ。

限界を察した昭博は、身体中に与えられる刺激を拾い集め、一気に昇《のぼ》りつめようとした。

だが、途端《とたん》にローターからの刺激が途切れた。それでも、イきたくてたまらなかった身体は精《せい》一杯《いっぱい》中を締めつけ、ガクガクと腰を揺らすことでどうにか達しようとする。

——だけど、……足り……ない……。

先ほどまで過剰に与えられていたのが嘘《うそ》のようにローターは静まり返り、モーター音も消えていた。

「は」

渇望《かつぼう》だけが昭博を支配していく。

もどかしさに全身をのけぞらせたとき、昭博はふと視線を感じた気がして、目を開けた。

「……っ！」

途端に、心臓が止まるかと思った。ソファの横に瀬川が立っていたからだ。冷静な目で昭博を見下ろしている。

腹につきそうになっている性器や、シリコンの中で尖った乳首やひくついている足の奥を、瀬川の視線にさらしていることを意識して、どうしようもなく身体が昂《たかぶ》った。

「いや、……っ、見ないで、……くだ……さい」

声を発したときに見上げた瀬川の表情が、驚くほどに冷静だったからだ。

服装一つ乱してはいない。

昂りすぎた自分との対比に、いたたまれなくなった。

だけど、身体は限界で、達したくて仕方がない。

どろどろに溶かされた中は、そこをごりごりになるほど大きな硬いものでかき混ぜられることを望んでしまう。入れられたのは、瀬川の指と玩具、それとローターだ。それでも次に何が待っているのかは、半ば予想がついていた。

瀬川に触れられるまでは、後孔でここまで感じるとは知らなかった。なのにすでに未知の快感が、理性を全て呑みこみそうになっている。ここまでしたのなら、最後まで面倒を見て欲しい。

そんなことを、切れ切れに考えることしかできない。

「こんなに淫らに腰を振って。そんなにも入れられたいのか」

尋ねられて、反射的に首を振った。だけど、瀬川の性器を入れられることを想像した途端、途《と》轍《てつ》もなく昂った。入れられるのは怖い。だけど、達することができるのなら、入れられてもいい。とにかくイくことしか考えられない。

「イかせ、て、……ください、……ここ……っ」

悦《い》いところに当たっているローターから送りこまれる快感に、理性も何もかすんでいく。ひくつく後孔ばかりに意識が集中していく。

「入れてもいいか?」

重ねて尋ねられて、昭博はあえぎながらうなずいた。すでにローターは切れているというのに、身体の熱は冷めない。

「っは、……あ、……あ、あ……っ」

そんな昭博の膝がつかまれ、ぐっとその間に瀬川の身体が入った。ゆっくりとローターのコードがたぐられて、引き出される。二つだけ出されたところで、乳首のシリコンにも瀬川の指が伸びて、外された。

「……はっ」

ずっと吸引されていた乳首が、外気にさらされる。それだけで、ちくちくと切なくうずいた。ちくちくでいっぱいになった左の乳首を指先でそっと押しつぶされると、それだけでビクンと胸元がのけぞった。

「っあ！　は、……ぁ、あ、あ……っ」

それでも、痛いのと同じぐらい、気持ちがいい。過敏《かびん》になっているためだ。乳頭矯正器をつけられたときにオイルを塗られていたのか、瀬川の指先は乳首の小さな粒《つぶ》の上でよくすべった。ぬるぬるになった乳首を、指先でつまみあげるようにして刺激される。すべってつかめないまま何度もそれを繰り返されると、だんだんと気持ちよさしか感じられなくなった。

ローターを一つ残した後孔が、ひくひくと収縮《しゅうしゅく》を繰り返す。早くそこに、とどめとなる刺激が欲しかった。弛緩《しかん》しきった唇の端から、だらりと唾液《だえき》があふれる。

物欲しげに揺れた太腿《ふともも》からもそれを読み取ったのか、瀬川がスラックスの前を開き、硬いものを押しつけた。息をつめて待っている間にも、その熱いものの先端《せんたん》に力がこもり、ぐっと一気に突き立てられる。

「っぁ！　……っぁああ、あ、あ、あ……」

初めて他人の性器を受け入れるという興奮と違和感に、ゾクゾクっと痺れが広がった。一つ残っていたピンクローターは抜き出されない。そのまま性器の先端で、さらなる深みへと押しこまれていく。

「ん、ぁ、あ、あ……」

中がどろどろで、ある深さまで入れられてしまうと、それからは力が入らない。なのに、瀬川のものは大きいから、どれだけ力を抜いても存在感がある。

この圧迫感を軽減したかったが、入れられる勢いにあらがえない。ただ必死になって息を吐くだけだ。

「そう。……そのまま、深呼吸《しんこきゅう》して」

「ン、……っあ、……ッまって、……んぁ、……っぁああ……っ」

一番太い切っ先が自分の体内で移動していくのを、意識のどこかでずっと追いかけていた。その張り詰めた切っ先によって、身体が強引に内側から押し広げられる。

「あ、……も、……おなか……っ」

これ以上は入らないからやめて欲しいと、必死になって訴《うった》えようとした。

だが、声を出すたびに、中にあるものを鮮烈《せんれつ》に感じ取ってしまう。

ひどく熱くて大きなものが、自分の中にあった。人体の一部だと訴えるようにそれはどくんどくんと脈《みゃく》打ち、生きた熱を伝えてくる。これが瀬川のものなのだと思うと、ひどく複雑な気分になった。

根元まで貫《つらぬ》いてから、瀬川は動きを止めた。

中がみちみちで、浅くしか呼吸ができない。わずかでも身じろぐと、中にあるものが擦れてぞくぞくした。

「んぁ、……あ、あ……っ、……待って、……しばらく……」

口は開きっぱなしだ。

ただ入れられているだけでも、その熱に襞が灼かれる。粘膜がじゅくじゅくとうずいた。

「無事、……入ったな」

「おおき、……すぎ……ます」

目じりにたまった涙を、昭博は自分で拭う手段すらなかった。

体内で感じる瀬川のものは、泣きたくなるぐらいに大きい。

こんなものを他人に入れるなんて、ひどい。だけど、それでひどく感じている自分がいた。

襞が淫らに蠢きだす感覚があった。襞を灼かれるのに耐えかねて、昭博の腰がかすかに動き始めていた。

「っは」

動かずにいられないのは、瀬川の張り出した切っ先が、昭博の感じるところを強烈《きょうれつ》に圧迫しているからだ。そこから逸《そ》らしたいのだが、かすかに腰を動かすだけでもそこが擦れて、ぞくぞくと電気が走り抜けていく。

「……っは、……んぁ、あ……っ」

それに意識を奪われたまま、昭博は小さく動き続けた。

瀬川はそんなかすかな動きにかまわず、軽く手を伸ばして、昭博のぷつっと尖った乳首を指の間でつまみあげた。

「っうあっ」

乳首の刺激がまじったことで、さらに快感が複雑になる。

指の間で乳首を挟《はさ》まれると、肥大《ひだい》しているからか、いつもよりも刺激が強い。指を広げて胸元を無造作《むぞうさ》に擦り上げられただけでも、尖った部分がてのひらと擦れて、濡《ぬ》れた声が漏れた。

だんだんと中が馴染んできたころに、瀬川が言った。

「そろそろ、動いてもいいか?」

ねだるように顔をのぞきこまれる。いいと答えたかったが、この刺激がもっと強くなるのが怖くてうなずけない。これでも十分に気持ちいい。このままではいけないだろうか。

だが、そんな昭博をそそのかすように、乳首をいきなり両方とも、二本の指でつまみ出された。その鋭《するど》い衝撃《しょうげき》に胸元をのけぞらせると、さらに乳首を引っ張って指先でくりくりと刺激された。オイルまみれだから、どうされても気持ちがいい。神経が敏感なところをそんなふうにいじくられたら、乳首ばかり責められないためにもうなずくしかない。

「あっ、……いいです、動いて……」

その途端、瀬川が大きくペニスを引き、返す動きで一気に潜《もぐ》りこませてきた。

「あっ! んぁ! あ!」

自然と得ていたわずかな刺激とは比較にならないほど、強烈に襞が刺激された。腰が逃げたが、足の付け根をつかまれて引き戻されてから、ぐっぐっと深くまで突き上げられる。

「あ、んぁ、……っあ、あ、あ……っ」

その勢いに耐えられず、腰が逃げそうになる。だが、腰をつかむ瀬川の手がそれを許してくれない。何度逃げても引き戻されて叩《たた》きこまれる。それを繰り返されているうちに、もっともっと快感を欲しがって襞がひくつくようになった。

「っふ、……ぁ、あ、あ、あ……っ」

押しこまれるのに合わせて声が漏れ、引かれるときには襞がむごいほどに刺激されて、腰ががくがくと震える。

「っんぁ！」

体内をえぐられるのに合わせて乳首を指先で転がされることで、全てを快感としてしか認識できなくなった。

たっぷり乳首を指で転がした後で、また強めにつままれた。それに合わせて挿送され、深い部分ばかりを集中的に穿《うが》たれる。

「っは、……んぁ、……んぁ、……あ、あ……っ」

腹のそこからどんどんふくれあがっていく快感を、昭博はどう凌《しの》いでいいのかわからない。

瀬川は両方の乳首を親指の腹でくぼみへと戻すように圧迫してから、さらに膝を抱えこみ、昭博の腰を半ば浮かすようにして、さらに奥のほうまで叩きつけてくる。

「っぁ！」

最初のうちは、入れられるときよりも抜かれるときの刺激のほうが強かった。だが、だんだんとその動きに慣らされるにつれて、深い位置でも感じるようになる。そこを刺激されることによってもたらされる、深く重苦しいような悦楽におぼれつつあった。

乳首は両方ともぷっくりとふくらみを増し、そこを瀬川の指で転がされるたびに底なしの快感が広がる。

「っんぁ、……は、……んぁ、……ぁ、……あ……っ」

昭博の中が開いていくにつれて、だんだんと瀬川の動きがスムーズになった。浅く深く自在に瀬川は動き、張り出した先端《せんたん》で内壁が満遍なく刺激される。感じるところにずっと当たっていて、いつしかその動きに合わせてまた腰が動き始めていた。

ハッとしてリズムをずらそうとしたのだが、抜く動きに合わせて腰を引くと、余計に快感が倍増することに気づいて、動けなくなった。その状態で叩きこまれ、甘い息を漏らすしかない。

「っ、……は、……は、は……っ」

どうしてこんなことになっているのだろう。

縛られた手をぎゅっと握りしめ、のけぞって社長室の天井をぼんやりと目に映しながら、昭博は考える。

入社前には多少のセクハラなら許容《きょよう》するつもりだったが、こんな事態になることまで想定していただろうか。だが、送りこまれてくる快感が圧倒的すぎて逆らうすべはない。

何より自分の上にいる瀬川の重みが心地よかった。

快感を味わうたびに奥深くまで入っている瀬川も気持ちよくなって欲しくて、ようやく少しは自分の意思で動かせるようになった身体で、ぎゅっと締めつけてしまう。

だんだんと瀬川の動きもこなれ、昭博が感じるところを集中的に狙《ねら》われるようになった。

「っく、……んうあ、……あ、……んぁ……っ」

そこをえぐられると、どうしても身体が大きく跳《は》ねあがる。ふくれあがっていく快感は、今まで味わったどんなものとも異なり、心と身体を根底からおかしくさせる予感がした。

絶頂に到達するのが怖くて、昭博はかぶりを振った。

「や、……ぁ、あああ……っ」

瀬川が昭博の胸元に顔を埋め、尖っていた乳首をちゅうっと強く吸った。その刺激に男のものをきつく締めつけた。

同時に、奇妙《きみょう》な感覚を覚えた。

自分の乳首に吸いついてくる瀬川に、たまらない愛《いと》しさを抱いてしまったのだ。

ずきんと胸がうずいた。瀬川のことを抱き寄せたいような気持ちがこみあげたが、手首が縛られていたからその願いはかなわない。

乳首をちゅうちゅうと吸われるのに合わせて、腰が揺れた。中の感じるところに瀬川の切っ先を擦りつけることになって、複雑な快感が満ちる。圧倒的な快感を送りこまれることによって、身体だけではなく、心までも瀬川に囚《とら》われそうになる。

中のうずきが最高潮《さいこうちょう》に昂ったタイミングで、瀬川がぐっと深くまで突き上げた。

その切っ先がもたらした快感に、全身にぶるっと震えが広がった。

「っう、あぁああ……っ！」

悲鳴のような声を漏らしながら、昇《のぼ》りつめる。その身体を抱きしめながら叩きこまれ、そのたびに達しているような気までする。

気が遠くなるような悦楽の果てで感じ取ったのは、身体の深くに注《そそ》がれた瀬川の熱い精液だった。

〔四〕

その翌日、昭博が早めに出勤してまず行ったのは、社長室の掃除《そうじ》だった。激しすぎた情事の後に、どうにか服装を整えて帰宅するところまではできた。タクシー代は瀬川が出してくれた。だが、部屋の片づけはいい加減だった。

瀬川が昨日、ざっとソファ回りの乱れを整えてくれたのは見ていたものの、それでも心配で一からピカピカに掃除せずにはいられない。

その掃除を終えたころに、瀬川が出社してきた。

「おはようございます」

挨拶《あいさつ》をすると、瀬川はぎこちなく視線をそらせた。

「ああ。おはよう」

そのまま続く言葉はなく、昨日のことを何もなかったことにしたいような態度に思えた。昨夜《ゆうべ》の昭博はぼーっとしてしまって、まともに話はできなかった。ただ、瀬川がスーツの胸元に押しつけた封筒《ふうとう》には、かなりの厚みがあったのを覚えている。中身はまだ確認していなかった。

――こんなよそよそしいってことは、あれには口止め料も含まれていたのかな?

日本社会に生まれ育ったからには、昭博にもそれなりに空気を読むすべが備わっている。だとしたら、昭博のほうも何もなかったふりをしたほうがいいのだろうか。

——だよな。もともと俺、セクハラ要員だし。

そんなふうに判断して、昭博はぺこりとお辞儀《じぎ》をして社長室を出ていく。

昨日、深くまでつながったことで甘い気分でいたのだが、瀬川はそんなものを昭博に求めてはいないようだ。

——社長が好きなのは、俺の身体の一部だけ。

最初から陥没乳首好きだと知ってはいたが、関係を重ねるにつけ、そのことをより明確に感じる。瀬川にとって大切なのは乳首だけで、挿入行為は性欲解消に過ぎないのだろうか。

何せ陥没乳首の形状だけで、十年前に一度出会っただけの自分を見つけたぐらいなのだ。だからこそ、昭博は認識を新たにするしかない。

自分はそのマニアじみた執着《しゅうちゃく》のあるパーツの提供者なだけなのだ。その他の部分は、陥没乳首の付属物に過ぎない。だけど、そう思った瞬間、ズキンと胸が痛んだ。

——何だ、これ。

昨日も感じた。瀬川に乳首に吸いつかれていたときだ。だけど、その痛みを感じないように意識を切り替えながら、瀬川のコーヒーを淹れるために給湯室へと向かう。

そこで顔を合わせたのは、他の重役付きの秘書たちだった。

「おはようございます」

挨拶をして、秘書たちの朝のたわいもない雑談に耳を傾《かたむ》ける。

瀬川と池之端専務の関係がうまくいっていないのが、気になっていた。ちょうど話が池之端専務からの差し入れになっていたので、昭博は池之端専務の人となりから始まって、少しずつ踏みこんでいく。

池之端専務の趣味は写真撮影で、よく撮影旅行に出かけているそうだ。その写真の腕はプロなみで、何度もコンクールで入賞したという。

朝の給湯室の会話はそこまでだったが、それをきっかけとして池之端専務のその写真を同じ趣味の社員に見せてもらったとき、昭博はどうして池之端専務が東北のとある地域に電波塔《でんぱとう》を建てるのに反対したのか、その理由が理解できたような気がした。

社外での会議が定時を超えたときには、瀬川は社に戻る用事が特にない限り、直帰するようにしていた。

なのに、最近は何かと理由をつけて社に戻ってしまう。昭博はできるだけ定時に帰れるようにしているが、それでもたまに出会えることがあるからだ。

——何だ、この初恋のような純情っぷりは。

瀬川はそんな自分にあきれる。

会えるかどうかわからないのに、一目その姿を見るためにわざわざ社に戻るなんて、今まで合理的な判断を優先してきた自分とは思えない。

それでも戻ってしまうのは、どうにか夕食にでも誘えるんじゃないかという下心があるからだ。昼間の仕事中にはなかなか切り出せないのだが、帰宅する時刻にたまたま顔を合わせたタイミングなら、ナチュラルに誘える気がする。

昼食はたまに一緒に食べるようになったものの、それ以外のプライベートな時間を割《さ》いてもらうことはできないでいた。身体だけではない関係を結びたいと伝えたい。そのためには夕食に誘い、そこでの会話などを通じて、だんだんと心の距離を縮《ちぢ》めていきたい。

――だけど、どんな言葉で誘っていいのか、わからん。

下手をしたら自分は、また今までのように「食事をしよう、礼はする」などと言い出しかねない。

それはダメだという認識はあった。本来ならば昭博と結ばれた翌日、出会いしなに付き合って欲しい、と切り出すつもりだった。

だがあのとき、目にした昭博の表情があまりにも愛しかったから、言葉を失ってしまった。眩《まぶ》しさに目を逸らすことしかできず、絶好のタイミングを逃してしまったのだ。

――今日は、いてくれればいいが。

そんなことを考えながら、定時を少し過ぎたころに社に戻り、重役フロアの廊下《ろうか》を歩いていく。角を曲がったときに目に飛びこんできた後ろ姿を見て、昭博だと即座《そくざ》にわかった。

ざわっと全身に淡《あわ》い電流が走る。

愛しさに息が詰まった。昭博から目を逸らし、少しずつその存在を受け止めながら、おぼれる者のように近づいていこうとする。

それほどまでに、昭博の存在を渇望していた。

だが、昭博が誰かと立ち話をしているのだと気づく。昭博にばかり意識が向いていて、他が全然見えていなかった。

「それはお誘い嬉しいです。日程が確定したら、詳しく場所などをおうかがいさせてください」

話していたのは、池之端専務だ。自分の仇敵ともいえる男が、昭博と親しく話していると知ったとき、怒りに似た不可解な感情が湧き上がった。

「おい」

低い声で呼びかけると、昭博は振り返り、それから二、三言、池之端専務とやり取りをして近づいてくる。

それに何も言わず、瀬川は自分の部屋のほうに向かったが、秘書室のドアに手をかけたところで振り返ると、背後に昭博が立っていた。

秘書室のドアをくぐってから、瀬川は嫌みのように言わずにはいられなかった。

「まだ残っていたんだな。ずいぶんと楽しそうだったが」

昭博は瀬川が不機嫌《ふきげん》なのに気づかないのか、無邪気《むじゃき》に答えた。

「池之端専務に、今度、おいしいフレンチをどうだと誘っていただいて」

「フレンチだと？」

そのことにムッとする。瀬川はこんなにも毎回、昭博を夕食に誘いたくてヤキモキしているのに、すんなりと池之端専務がその難しい課題をクリアしたのが許せない。

夕食には、社に近い小洒落《こじゃれ》たイタリアンに誘うつもりでいた。だが、昭博はフレンチのほうが好きなのだろうか。確かめるために、何気《なにげ》なさを装《よそお》って聞いてみる。

「君はフレンチが好きなのか？」

昭博はふわりと微笑《ほほえ》んだ。

「というわけでもないですけどね。ただ、専務の身内の方が、銀座でフレンチレストランを開かれたそうで」

そんなふうに誘えばいいのかと納得しながら、瀬川は心当たりを探ってみた。

大学時代の友人は何人かいたが、彼らのほとんどは実業家や弁護士などで、銀座にレストランを構えるタイプはいない。がっかりだ。自分の付き合いの狭さを実感した。

「――で、行くのか？　行くといい。池之端なら、いろいろと気が回って、楽しそうだからな」

どうにか冷静な口調で言い放ち、返事を聞かないまま瀬川は社長室へと向かう。

イライラとした気持ちを押し殺して、自分の机で留守中のメモや書類をチェックしていると、昭博がコーヒーを淹《い》れてやってきた。どうして昭博が帰宅しないのか不思議だった。隠しているつもりだが、瀬川がやたらといら立っているのに気づいて放っておけずにいるのか、それとも他に何かあるのか。

「もう、帰宅してもいいんだぞ。定時は過ぎてる」

言ってみたが、昭博はあいまいに微笑んだだけだった。

納得しないまま、瀬川はコーヒーに口をつける。温度も濃さもちょうどいい。ここまで昭博が自分の好みを把握《はあく》していることに、感動する。感情がぐちゃぐちゃになって、ふう、と深いため息を漏らすと、昭博が口を開いた。

「どうでしたか、会議は」

「ん？　いや、まぁ、いつもの通りだ」

今日は昭博が興味を持つとも思えない、政府の諮問機関《しもんきかん》での会議だった。

コーヒーを出してもすぐに秘書室に引き返さないということは、やはり自分に話したいことがあるのだろう。

そう思って、さりげなく昭博を観察してみたが、なかなか口を開かない。

――なんだ……？

それは良い内容のようにも、悪い内容のようにも思えた。悪い内容だとしたら、瀬川のセクハラに耐えかねて、退職したいという申し出かもしれない。

――それだけは、嫌だ……。

どれだけ自分が彼を必要としているのか伝えたくて、瀬川はコーヒーを飲み終えてから昭博を差し招いた。

「疲《つか》れた。……ちょっと、休憩《きゅうけい》させてくれ」

昭博がおずおずと近づいてきてくれたので、瀬川は椅子《いす》を回して昭博の正面に向き直った。それから腰に腕を回し、胸のあたりに顔を埋《うず》める。

昭博の身体の確かな感触と、体温がたまらない。人と抱き合うのが、こんなに気持ちがいいことだとは知らなかった。それに、そんな瀬川の求めに応じて、柔らかく抱き返してくれるのが嬉しい。目を閉じると、ずっとこうしていたいような心地になる。

「甘えんぼですね、社長」

笑いながら、昭博がそっと瀬川の後頭部の髪を撫《な》でた。

そうされたことにぞくっと身体が痺れて、しがみついたまま動けなくなった。

──ずっと、ここにいてくれ。

そう訴えたかったが、何かがそれを押しとどめる。親が残してくれた会社を率《ひき》いることになってから、瀬川は素直に他人に甘えることができなくなった。ずっと肩肘《かたひじ》張って生きてきただけに、なかなか生き方を変えられない。

瀬川の頭を抱えながら、昭博が切り出した。

「僭越《せんえつ》だと思ったんですが、池之端専務のことを少し調べてみたんです」

その言葉に、瀬川はぴくっと反応する。

もしかしたら、これが昭博がわざわざ残ってまで伝えたかったことだろうか。

「なんだ?」

少し声が尖った。

「東北の電波塔の話です。ローカルエリアに電波塔を建てることを専務がずっと反対していたのは、やっぱり私情がからんでいるみたいです。趣味の写真を撮るのに理想的な、素晴らしい景色があるんです。そこに、池之端専務は無粋《ぶすい》な電波塔を建てたくないようで」

「なんだと？」

その内容よりも、昭博が池之端専務の趣味まで詳しく調べたことが気になった。そんなことを命じた覚えはない。

昭博が身体を引いたので、頭を抱いてくれていた腕が解けたのを切なく思いながら、瀬川は顔を上げた。

「見てみます？　専務の写真」

そんなものは、見たくなかった。それよりも、ずっと抱きしめていて欲しい。そんなふうに願いながらも言葉にできずに、瀬川は不承不承《ふしょうぶしょう》うなずく。

「ああ」

すると、昭博はスマートフォンをスーツから取り出した。

少し操作をしてから、画面を瀬川の前に差し出す。自然と、その画面をのぞきこむ形になった。

そこに写っていたのは、幻想的な美しい風景だ。これは、池之端専務が撮影したものなのだろうか。

風景写真というから、綺麗な景色を切り取っただけのものを想像していたが、これは少し頭抜《ずぬ》けている。神秘的《しんぴてき》で、魅入《みい》られるようだ。霧《きり》が渦《うず》巻き、一番その光景が引き立つ一瞬のきらめきをとらえていた。おそらくこれを撮影するには、何日もかかっただろう。

気づけば瀬川は息を詰めて、その写真を凝視していた。

心に染みる光景だ。他にもないか、とばかりに視線を上げると、昭博が指を動かして、池之端専務が撮影した写真を次々と見せてくれた。

さすがにそれらに圧倒されて、瀬川は正直に感想を口にする。

「……すごいな。これが専務の写真か。実はプロとして活動してたりしないだろうな？」

「あくまでも趣味、みたいですよ。たまにコンテストなどに出して、賞をもらうこともあるみたいですが」

昭博が池之端専務の情報を口にするたびに、瀬川は秘《ひそ》かにいら立つ。これが嫉妬《しっと》だと実感せずにはいられなかった。それでも、写真には素直に感心する。

「社のカレンダーに、したいぐらいだな」

しみじみと眺《なが》めた後で、瀬川はあらためて昭博を見た。

「で、つまりはこういうことか？　池之端は風景写真を撮るのが趣味で、私が電波塔を建てるとこういう写真が撮れなくなるので、何かと理由をつけて、反対していた。公私混合もいいところだ」

確かにこの写真は素晴らしい。それは認める。だが、そんな理由で瀬川の提案に反対していたのだと思うと腹が立つ。

だが、昭博はふわりと笑った。

「ですが、反対している明確な理由がわかったら、その対処法も見つかるじゃないですか。ここは池之端専務だけではなく、日本中の写真愛好家たちの間で有名なスポットだそうです。自然保護、景観保護の観点からも、電波塔の位置をずらして、邪魔にならないところに設置するのはいかがですか」

「そうだな」

だが、この情報を得た方法が気になった。池之端専務にフレンチレストランでの食事に誘われるほど、親しくなっているようなのだ。

そう考えた瀬川は、もう一度手を伸ばして、昭博の腰を引き寄せた。

「その意見を聞いてもいいが、そのためのコストを、この身体で払ってもらえるか」

「は？」

何を言っているのか理解できなかったらしく、昭博が固まる。もう一度その胸元に顔を埋めて、瀬川は続けた。

「君をここに引き入れたのは、心を癒やすためだ。なのに、私の宿敵である池之端と親しくなって、すごく気分が害された。池之端と和解させるつもりなら、この身体でいつでも慰めて欲しい。そうすれば、何でも聞き入れる」

「全部、社長のためですよ」

子供を諭《さと》すように、昭博が言う。

それでも、嫉妬でどうにかなりそうな気分は治まらないのだ。

──承諾《しょうだく》はした。したけど、だからって、こんな……。

昭博はスーツの上から、そっと腹部を押さえた。

瀬川の言う『癒やし』が翌日の就業時間中になったのは、昨夜、昭博に用事があったからだ。故郷《こきょう》の両親が友人の法事のために上京していたので、夕食を付き合う約束だった。

それを告げると、瀬川は意外なほどすんなりと了承してはくれたが、翌日の午後になって会議から戻ってきた瀬川は、昭博を招き寄せた。そしてこれが行われることになったのだ。

今、昭博を他人が見たところで、特に異変を感じ取ることはないだろう。

スーツにネクタイをきっちりと締め、外見上は社長秘書として何ら変わりない姿だ。だが、よく耳を澄《す》ませば、その腰のあたりからかすかにモーター音が漏れ聞こえているかもしれない。

身体の深くに、ピンクローターを三つ、呑みこまされていた。前回されたのと同じものだ。立っていると身体に自然と力が入るからなのか、その三つが後孔のどこにあるか、鮮明に感じてしまう。立っているだけでもそうなのだから、足を動かせばそれが襞にごりごりと擦れた。

さらにスーツの上着を着ているから目立たないはずだが、昭博のささやかなくぼみにも乳頭矯正器が装着されている。それによって乳首をくびりだされていた。常に誰かに乳首をつままれているようで、落ち着かない。

──だけど、……これをつけないと、社長が池之端専務とは話し合わないって言うから。

今日のうちに、瀬川は昨日の昭博の話の裏を取ったらしい。あらためて電波塔予定地の自然景観について調べ上げ、池之端専務が賞を取った写真や、写真愛好家としてのSNS活動まで全て調べ上げた。

その証拠《しょうこ》を机に並べて、昭博に『池之端を呼んでこい』と命じたのだ。今の時間、池之端専務がこの重役フロアの自室にいると、確認が取れているらしい。

体内にエロいものを仕込まれて会社の廊下を歩くというシチュエーションは、アダルトな動画や漫画などであるとは知っていたものの、自分がその当事者になるなんて想像もしたことがなかった。

だが、今、まさに昭博はその苦難に直面している。

想像では、なんでもなく歩けるはずだった。池之端専務の部屋は社長室からやや遠い位置にあるが、大した距離ではない。フロアの廊下は広い上に人が少ないから歩きやすいし、体内に仕込まれたのもうずらの卵を一回り大きくしたぐらいのローターだ。そんなものが入っていても、専務の部屋までの往復ぐらいなら、なんでもないふりをしてこなせる。

そんなふうに思って廊下に出たものの、歩くたびにぞくぞくと襞から広がる刺激に、何度も立ちすくんだ。腰が砕《くだ》けそうになりながらも、どうにか平静を装って足を動かす。

手にはペラペラの封筒を持ち、首から社員証《しゃいんしょう》を下げた姿だ。体内にあるものは思っていた以上に存在感があった。ローターの振動はごく弱いものにされていたものの、足を動かすたびに感じるところを刺激することになって、息を呑むほどの戦慄《せんりつ》が走り抜けた。

「……っ」

たまらなく、身体がうずく。

瀬川に出会うまで、昭博にとってのそこは単なる排泄器官《はいせつきかん》でしかなかった。なのに、今やそこへの振動は片《かた》っ端《ぱし》から快感へ変わる。

どうにか池之端専務の部屋の前までたどり着き、息を整えてから秘書室のドアをノックした。

「社長が、専務とあらためてお話したいということです。できましたら、すぐにお越しいただきたいと」

その言葉とともに専務付きの秘書に手渡したのは、封筒に入った写真だった。池之端専務が例の電波塔設置予定地を撮った、美しい風景写真だ。

秘書がそれを受け取って、池之端専務の部屋に入っていく。

待つまでもなく、すぐに池之端専務が出てきた。

「行こう」

それだけ言って、池之端専務は先に立ち、社長室に向かう。

その後について社長室まで戻りながら、昭博は池之端専務が振り返らないことを願わずにはいられなかった。

——だって俺、どっか変だろうから。

絶え間なく体内に振動が送りこまれているせいで、膝ががくがくと震え始めていた。身体が熱くてふらつく。性器がガチガチに昂っているのが感じ取れた。

池之端専務にとってはほんの短い距離だろうが、昭博にとってはいつになく遠く感じられる社長室まで戻っていく。

かなり遅れたからか、気づくと池之端専務が秘書室のドアの前で昭博を待っていた。

「すみません」

慌てて背後に並ぶと、池之端専務がドアを開いて支えながら、不思議そうに昭博の顔をのぞきこんだ。

「熱でもある?」

顔が赤いのかもしれない。手を額にあてがわれそうになって反射的に避けたら、池之端専務の肘が胸元にぶつかった。じぃんと響《ひび》いた衝撃に、昭博は息を呑む。

「どうかした?」

池之端専務に柔らかな声で尋ねられる。池之端専務は瀬川には強硬な態度だが、部下には優しいらしい。どうごまかそうかと考えていると、鋭《するど》い声が投げかけられた。

「池之端専務。呼んだのは私だ。早く、中へ」

秘書室と社長室の間のドアが開け放たれ、瀬川がそこに腕組みをして立っていた。

せかされて、池之端専務は社長室へ入った。瀬川は彼が通った後でドアを閉じながら、昭博に指示した。

「飲み物を頼む」

「わかりました」

言われて、昭博はコーヒーの準備に入る。

普段なら給湯室に出向いて、コーヒーを淹れて戻るなんて簡単な仕事だ。だが、一歩一歩がキツい今の状態では、何かと時間がかかる。

給湯室には幸い誰もいなかったが、お湯が沸くまで待って、ドリップ式で淹れていくのは大変だった。

膝ががくがくする状態ながらも、昭博はどうにかコーヒーを準備し、トレイの上に二つ載せて、社長室まで引き返す。

ローターの動きが弱まるのを見計らって、社長室に入った。顔の赤さはどうにもならないが、どうにか平静を装い、瀬川と池之端専務が向かい合って話し合っているテーブルにカップを二つ並べていく。

二人が何を話しているのか気になったが、そこに意識を向けている余裕はなかった。どうにかカップを置き終えたとき、中の刺激が最大限にまで強まった。

「っ……！」

突き上げるような振動にびっくりして、腕を大きく動かしたせいでカップとソーサーがガチャッと音を立てた。その音に驚いたのか、二人が言葉を切って昭博のほうを見る。

中断させてしまったことを詫《わ》びるために、昭博は小さく会釈《えしゃく》した。カップを上げて皿を確認したのは、こぼしてしまったかと気になったからだ。だが、どうにか汚さずにすんだようだ。

そのまま身体を引いて立ち上がり、社長室を出ていこうとした。だが、ふと思いついたように瀬川が命じた。

「すまないが、ミルクをくれ」

その言葉にドキッとする。瀬川はブラック派で、今まで一度もミルクを必要としたことはなかった。このようなタイミングであえて言い出したということは、こんな状態の昭博にもう少し意地悪《いじわる》したいという腹だろう。

——悪趣味だ。

そんなふうに思った。身体の関係のある瀬川の前ならある程度の痴態《ちたい》をさらしても許容範囲だろうが、ここには部外者の池之端専務がいるのだ。

それでも瀬川の命令に逆らうことはできず、昭博はうなずいた。

どうにか背筋《せすじ》を伸ばして歩き、ミルクを持ってテーブルに戻る。その間も、瀬川と池之端専務の話は続いていた。言葉の端々《はしばし》から、東北の例の電波塔のことだとわかる。今、話しているのは、瀬川だ。

「自然保護と景観保護の観点から、我が社としてはこの地域を管理しようと思う。介在《かいざい》の度合いによって、六つのカテゴリーにわける方法があるそうだな。私は自然保護と、ビジターの便宜《べんぎ》を結びつけるカテゴリーが妥当《だとう》だと思うのだが、専務はどのように?」

池之端専務の返事はもう少し生物種や生息地を調べ、保護しながら、必要に応じて介入すべき、ということだった。

もう少し二人のやり取りを聞いていたかったが、身体が限界だ。乳頭矯正器の中で乳首が痛いぐらいに尖っている。そこには触れられないから、ひどくむず痒《がゆ》い。

それに絶え間ない振動に、身体が芯から熱くなっていた。

テーブルにそっと、瀬川にリクエストされたミルクのポットを置く。それだけで下がろうとしたのだが、瀬川の持っていたボールペンの蓋《ふた》が床に転がった。

「っあ」

それが、昭博の足元に転がってくる。普段、瀬川が使用するのは、見るからに高級そうなペンだ。蓋つきのプラスチック製を使っているのは見たことがなかったが、わざとやっているのだと頭を働かせる余裕はなかった。

靴《くつ》に当たったそれを、昭博はとっさに屈みこんで拾おうとした。だが、その姿勢は、中のローターに無慈悲《むじひ》に襲をえぐられるものだった。

「つぁ」

ぞわりと、首筋から全身の毛が逆立つ。足から力が抜けて、そのまま膝を床についた姿で動けなくなる。

同時に、中のローターの振動が限界まで強くなった。

「……っ」

昭博は身体を丸め、押し寄せてくる快感の波に耐えなければならなかった。すぐに振動が弱くなってくれることを祈《いの》ったのだが、そうはならない。

昭博は耐えきれずに、低くうめいた。

「社長……」

声を上げてから、ここには池之端専務もいるのだと気づいて、全身に冷水を被《かぶ》ったような気分になった。

こわごわとそちらを向いたとき、池之端専務が無言で立ち上がり、その足元に転がっていたボールペンの蓋を拾った。

「あ、……ありがとうございます」

礼を言い終わらないうちに、池之端専務はそれをテーブルに載せる。それから、テーブルの上にあった書類をわしづかんで言い捨てた。

「では、社長。私はこれで。今日の提案は、明日の重役会議でされるんですよね。提案がまとまりましたら、メールで」

「ああ」

「それと、——このようなお愉《たの》しみのダシに使われるのは、とても不愉快《ふゆかい》です」

池之端専務は踵《きびす》を返し、ドアに向かった。そのまま社長室のドアから消え、その少し後に秘書室のドアが閉じる音も聞こえてきた。

おそらく、池之端専務は昭博の異変が、性的ないたずらのせいだと気づいたのだろう。

だが、それをどうフォローするかについて考えをめぐらす間もなく、立ち上がった瀬川が社長室のドアに鍵をかけて戻ってきた。

昭博はその間も止《や》まない振動に体内から揺さぶられていて、床に膝をついた姿のまま、動けない。

そんな昭博に、瀬川が顎《あご》をしゃくった。

「中にあるものを抜いてもらいたかったら、下を脱げ」

その声の冷たさに戸惑《とまど》った。

今まで瀬川は、何かと昭博に優しくしてくれた。胸元に顔を埋める瀬川を、可愛いと思ったことが何度もある。ここまで冷徹《れいてつ》に接されたことはなかった。

――何か機嫌《きげん》を損《そこ》なうことをした？

記憶を探ってみたところ、昨日、池之端専務と話しているところを見られてからずっとそうだと思い当たる。昭博と池之端専務の関係を邪推《じゃすい》しているのだろうか。だったら今のは、昭博は自分のものだという牽制《けんせい》か。

――そんなことする？　社長が？

だが、そんなふうに考えた瞬間、ぞくっと身体が痺れた。もしもそれが理由だとしたら、腹を立てるのは、それだけ自分が瀬川にとって特別だという意味に他ならない。

――だったら、……確かめて欲しい。俺の身体が、誰のものなのかを。

何より瀬川の気持ちが知りたかった。少なくとも、池之端専務とは特別な関係は何もないのだ。

まともに立ち上がることもできずに、震える手でスラックスを下ろした。下着も下ろして下半身を剝《む》き出しにする姿を、立ったままの瀬川がじっと見ている。

皺《しわ》にならないようにか、スーツの上着は瀬川に脱がされ、ワイシャツとネクタイと靴下だけの姿になったとき、いきなり中から強烈な刺激が広がった。

「つぁ！」

ローターが、悦いところに当たったままだ。容赦《ようしゃ》のない振動を前立腺に直接送りこまれて、腰が跳ねあがる。

「つん、……ぁああああ……あ……っ」

一気にふくれあがった快感に逆らうことはできず、痛いぐらいの勢いで射精した。鳥肌が立つような刺激が全身を駆《か》け巡《めぐ》り、床に倒れこんでしまった。

精液はどうにかワイシャツの裾《すそ》で受け止めた。社長室の高級な絨毯《じゅうたん》を、汚したくはない。

だが、達して敏感《びんかん》になった身体にも容赦なく振動が襲《おそ》いかかった。

「つう、あ、……ぁああ……っ」

それに耐えるすべはなく、昭博は涙をにじませながら床でのたうつしかない。

細かく襞を揺さぶるローターを自分で抜き出したくてたまらなかったが、まともに力が入らない。かすれた声で訴えてみる。

「社長……っ、許して、……ください」

「許す？」

昭博の頭のすぐそばに、瀬川の靴《くつ》があった。その高級な革靴を瀬川の顔の代わりに見て、懇願《こんがん》した。

「お願い、……します。何でも、……しますから」

その言葉に、ごくりと瀬川が息を呑む気配があった。

何も言わずに昭博の背後に回りこみ、床に膝をついた。尻《しり》に触れられ、肉の薄いところをぐいっと左右に押し広げられる。そうされることで、コードがはみ出している後孔を強く意識せずにはいられない。そこに、瀬川の視線が突《つ》き刺《さ》さるようだった。

「……っんぁ」

コードがつかまれ、体内にあったローターがゆっくりと抜き出されていく。締め付けに逆らうようなローターの動きに、全身がそそけ立った。

この社長室は防音《ぼうおん》がしっかりされているから、大丈夫なはずだ。それでも、昼日中の職場だという意識が付きまとい、必死になって声を殺す。

「つう、……ぁ、あ、あ……っ」

引っ張る力はそう強くはなく、早く抜き出してもらうためには中から精一杯力を抜くしかない。息を整え、懸命《けんめい》に力を抜こうとしたが、感じている身体はなかなかそうできない。

襞がからみつく中で少しずつローターが移動するときに湧《わ》き上がるうずきが、最大限に昂まる。ようやく括約筋がぬるりとローターを吐きだすのがわかった。そのときにぞわっと走った痺れに昭博は息を呑む。そのぞくぞくをやり過ごす間もなく、次のローターが引き抜かれ始めた。

中にはまだ二つある。前に一個残されて貫《つらぬ》かれたとき、瀬川の動きに合わせてそれが最奥にごつごつ当たったことを思い出して、それだけでぶるっと腰が震えた。同時に強く締めつけてしまって、入り口に向かっていたローターの動きが止まる。

「これは、抜かないで欲しいという意味か?」

「ちが、……い、……ます。抜い……て……」

「だったら、自分で押し出してみるか?」

そんな言葉とともに、二つ目のローターのコードがピンと張られる。引き抜く力はひどく弱いから、それを押し出そうとすると昭博が腹に力をこめるしかない。ローターが小刻みに振動しながらゆっくりと出口に向かって移動していくのを焦《じ》れったい思いで感じ取る。力をこめることで、ローターが襞と密着して、余計に中を揺さぶられた。

「っう、ぁ……っ」

ぬるんと、二つ目のローターが外に出た。三つ目を押し出すときにはさらに瀬川は引っ張る力を弱くしたので、昭博は昂る身体を持て余しながら、必死になってそれを押し出すしかない。

ようやく中が空っぽになったところで、腰を背後から抱え上げられた。ベルトを外す音の後で先端があてがわれ、溶けきった粘膜を限界まで押し広げて、張り出した切っ先が入ってくる。

「っう、……ぁ……っ」

ずっと熱がくすぶっていたところに与えられた快感に、昭博の喉が反《そ》り返《かえ》る。とろとろになった粘膜は、勝手にひくつくばかりで力が入らない。

「っんぁ、……っあ、……んぁ、……あ、あ、あ……っ」

腕を突っ張る気力もなく、床に投げ出したまま、昭博は下肢を貫かれる衝撃に耐える。襞に逆らいながら入ってくるそれは、瀬川の硬さや太さを鮮明に伝えてきた。

みっしりと、隙間なく貫かれていく。

背後から昭博を押さえつける瀬川の手の大きさやその逞《たくま》しさだけではなく、息遣いや鼓動《こどう》などを感じ取る。自分の体内をどんどん他人に占領《せんりょう》されて、呼吸すら浅くなっていく。

感覚のない深いところまで貫いた後で、瀬川は定位置を探るように数回抜き差しした。それから、動きを止める。

「ぎちぎちだな。慣れるまで動かさないでおくが、欲しかったら自分から腰を動かしてもかまわない」

――無理。……動け……ない……っ。

ただその大きなものを受け止めているだけで、精一杯だ。だが、呼吸をするたびに少しずつ中の軋《きし》みは緩和《かんわ》していき、それと入れ替わるように切ないうずきが湧き上がってくる。

それでもじっとしていようとした昭博の胸元に、瀬川が背後から手を伸ばした。ワイシャツのボタンを全部外した後でアンダーシャツをめくりあげてから、乳首に張りついたままの乳頭矯正器を取り外した。

「っは」

吸引されて赤く腫《は》れぼったい乳首が外気にさらされる感覚に、昭博は息を詰めずにはいられなかった。

乳首は極限まで敏感になって、ピリピリと帯電するような体感がある。反対側の乳頭矯正器も外された。それから両方の乳首をそっと下からなぞられて、身体が甘く溶け崩《くず》れた。

「んっ！　ぁあっ」

乳首を転がす手の動きにひどく感じて、中にあるものを強く締めつけてしまう。そのたびに跳ね返してくる瀬川の硬さを思い知らされていると、また言われた。

「動いても、いいんだぞ」

その言葉と同時に、乳首の側面を指先で挟まれ、こりこりと擦りあわされる。その痛気持ちいい刺激を受け止めるたびにびくびくと腰が跳ねた。そうすることで、中にある瀬川のものに襞を擦りつける形となる。一度動くと、その気持ちよさに動く腰を止められなくなった。

「っん、……ぁ、あ……っ」

最初はわずかに腰をもじもじとさせ、円を描くような動きだけだったものが、だんだんと前後の動きに変わる。そのほうがずっと気持ちいいと知ってしまったからだ。

背後にいる瀬川に襞を擦りつける動きはいたたまれないものであったが、その恥ずかしさすら快感を押し上げる。浅ましいという気持ちはあっても、その行為から逃れられない。

真っ白になりそうな頭の片隅《かたすみ》に、わずかな理性が存在していた。

——俺、……何、……してるんだ……っ。

自分の行為を、客観的に見ている部分があった。昼日中の社長室の床に両手両足をついて、自分から腰を振っている。

「っは、……は、……は……っ」

それでもすごく悦いところに当たると、そこに擦りつけるように腰を使ってしまう。

口が開きっぱなしになり、床に唾液が落ちそうなのをこらえるだけで精一杯だった。そんな昭博の胸元に手を回して、瀬川は尖った乳首をあやすように押しつぶした。

「っんぁ、あ」

敏感になりすぎた乳首をなぞられ、意識が飛ぶ。

一番深いところまで受け入れたタイミングで乳首を両方ともきゅっとつまみあげられると、声が抑《おさ》えられないほど感じた。

腰の動きは激しさと淫らさを増すばかりで、昭博は背後に押しつけるように動き続ける。

「っんぁ、……あ、……あ、あ……あ……っ」

瀬川のものをスムーズに出し入れできるように腰の位置を調整しながら、突き出しては戻す。自分から動かしているだけにいいところばかりに当たって、ことさら身体に響いた。

「っは、……んぁ、……あ……っ」

瀬川の指は胸元に回されたままだ。昭博の動きに合わせて乳首を弾いたり、つまみあげたりしてくる。決して強い刺激ではなかったが、それでも敏感に研《と》ぎ澄《す》まされた乳首にとっては、十分すぎる刺激だった。

戯《たわむ》れに乳首をくびりだされ、爪《つめ》を立てるようにきゅっとねじられるのがたまらない。

「っん、……ぁああ、……あ、……あ……っ」

乳首をことさら強くいじられると、感じすぎて動けなくなる。刺激自体は、瀬川のものを吞みこんでいる下肢からのほうがずっと大きいはずだ。だが、入れられている最中に乳首も一緒にいじられると、体内の刺激が甘みをぐっと増して、がくがくと腰まで震えてしまう。

感じすぎて力が抜け、動きが鈍《にぶ》くなったとき、ようやく瀬川のほうから力強く突き上げられた。

「っん！　ぁ、あ、あ……っ、あ、あ……っ」

やはり自分で動くのとは違って、瀬川に抜き差しされるのは強烈な快感をもたらす。強制的に悦楽《えつらく》が流しこまれて、そこから逃れられなくなる。

「っあ、……ふぁ、……あ……っ」

深くまでごりっと押しこまれて声が漏れ、次の刺激を待ってしまう。

さんざん中をえぐりあげられた後で、ついに絶頂に達した。

「っあ！　……っんぁ、……あ、あ、あ……っ」

射精中でひくついている襞になおも叩きつけられ、絶頂感が治まらなくなる。

動かれるたびに、絶頂に達しているみたいだった。


翌日、重役会議が開かれた。

昭博はその会議の間、他の秘書たちと分担して資料を配ったりお茶を出したりしながら、進行を見守った。

懸案《けんあん》となっていた東北のローカルエリアへの電波塔の増設は、瀬川の提案に池之端専務が全面的に賛成したことで、全員一致で採決になった。

今後、自然豊かなところに電波塔を建てるときには、景観の邪魔にならないような配慮《はいりょ》が必ずなされることも決まった。

事前に瀬川と池之端専務があれこれと詰めていたことを昭博は知っている。それもあって、議事の進行はスムーズだ。

いつでも瀬川の提案に反対していた池之端専務が積極的に賛成していることに、他の重役やその秘書が驚いているのが伝わってきた。

次回の議題を確認して、予定よりも早く重役会議は終了となる。

——よかった。

会議の進行をドキドキしながら見守っていた昭博は、ホッとした。

瀬川と池之端専務が和解したような気配《けはい》があるが、もしかして池之端専務の趣味を暴いた自分も少しは役に立てたのだろうか。

——今後も、ボスと池之端専務が助け合う形になるといいな。

そんなふうに考えながら、重役会議が行われた会議室の片づけをする。各テーブルに残されていたカップを片づけた後でテーブルを拭いていると、誰もいなくなった出入り口のあたりに人の気配があった。

池之端専務だ。

なんとなく自分が出てくるのを待っているように思えたので、急いで荷物をまとめてドアに向かう。だが、昭博のほうから話しかける内容はなかったので、軽く会釈してその前を通り過ぎようとした。

　すると、意味ありげに言われた。

「昨日は、君たちの邪魔をしたね」

　何のことだか、すぐにわかった。だが、下手に恥じらうのも弱みを握《にぎ》られることにつながるかもしれないと思った。だからこそ、昭博は冷静に応じた。

「お騒がせしました」

　内心では、顔から火が出そうなほど恥ずかしい。

　池之端専務は、わざわざこんなことを言うために待っていたのだろうか。

　そんな昭博の反応に、池之端専務は余裕の笑みを見せた。ロマンスグレーでカッコいいと評判《ひょうばん》だから、オフィスでの情事も経験ずみなのかもしれない。

　そんなことを考えていると、池之端専務が声を潜《ひそ》めた。

「社長とは、前から?」

　前、というのがどれくらいの日数を指しているのか、昭博にはピンとこない。

　それにあまり詮索《せんさく》されたくない気持ちがあって、あいまいにうなずいた。

「ええ。まぁ、……少し前から」

「社長は、女性は苦手なのかな」

　どうしてそんなことを聞かれるのか、わからない。

「存じ上げませんが、……どうしてです?」

下手な答え方をして、瀬川の立場をあやうくさせたくなかった。警戒心《けいかいしん》が強く働いて、少しつっけんどんな口調になる。

「今朝、社長とは腹を割って話した。君が、私のあの写真を探し出したようだね。社長に理解してもらったことで、今後ともうまくやっていけそうだ。それでね、……社長には以前から、縁談《えんだん》が降るようにあるんだ」

「そうでしょうね」

昭博はうなずいた。

瀬川は三十代前半。そろそろ結婚して身を固めたほうがいいと、一般的にいわれる年齢だ。日本有数の移動通信会社の代表取締役社長であり、年収も高く、顔もよくて背も高い。少しコミュニケーション能力に欠けるが、仕事では困らないレベルだし、そんな瀬川でも好きだと思っている自分がいる。

——まぁ、女性からしたら、満点の結婚相手だろうな。

「今までうちの古株《ふるかぶ》たちは、社長の縁談についてノータッチだった。重役の何人かが個人的に、自分の知り合いのお嬢さんとの見合いを持ちこむことはあったが、あくまでもプライベートな話としてね。だけど、つい最近、社として浮き足立つほどの縁談が持ちこまれた。素晴らしい娘さんとも聞くので、できればこの縁談を成立させたい」

瀬川と関係を持っている昭博に伝えるにしては、あまりにもデリカシーのない物言いだ。だが、男同士の関係など、池之端専務にとっては一時の好奇心《こうきしん》とでも思っているのかもしれない。

昭博にしても、瀬川との関係が長く続くものとは思っていなかった。互いに好きで付き合い始めたのではなく、あくまでも身体から始まった関係だからだ。

——俺は社長のことが好きだけど、社長が好きなのは、俺の乳首だけだし。

「社のお偉《えら》がたが浮き足立つほどの縁談って、どんな人なんです?」

さすがにそれには興味があって尋ねた。

池之端専務は持っていた大判《おおばん》の写真と釣《つ》り書きを取り出して、昭博に差し出す。

写っていたのは、女優みたいに美しい女性だ。それに何枚かスナップ写真が挟まっている。はにかんだような笑顔も可愛かった。

十人の男がいたら八人ぐらいが見合いしたいと思うほどの、男受けする美人だ。昭博でさえ、好意を持つ。

「そのお嬢さんは、うちとずっとライバル関係にあった移動通信会社の会長のお孫さんなんだ。業界ナンバーワンとツーが組めば、向かうところ敵なしとなる。いきなり事業を統一《とういつ》しなくても、設備の共同利用などやれることは山のようにあるし、海外進出もタッグを組める」

——なるほど。そういう……。

さすがにこれは、取締役会としても興味を持つだろう。

さらに、池之端専務は満足気に言葉を重ねた。

「こういうのは、本人同士の同意が大前提だが、そのお嬢さんがうちの社長のことが好きだと言うんだよ。業界のパーティで見かけて、それから会うたびに良くしてもらっているとか。それを知った先方の会長が、ストレートに私に連絡してきた。それが、……二週間ほど前のことだ」

——二週間前？

そのころの瀬川を思い出してみたが、特に変わったことはなかったはずだ。

「社長に話をしたんですか？」

「ああ」

「反応は？」

途端に、池之端専務は苦虫を噛《か》みつぶしたような顔になった。

「お断りしろ、と」

「え？　でも、業界ナンバーワンとナンバーツーが手を結べば有利に」

「そのことについても話したさ。だけど、他社の手は借りないと言い切られてね。だけど、こんなもったいない話を、逃す手はないと思うだろう。いくら、君との関係があったとしても」

「……っ」

言葉に詰まりながらも、昭博は『確かに』と心の中でうなずかずにはいられない。

そんな昭博をしみじみと眺めながら、池之端専務は言った。

「君と社長との関係が真摯《しんし》なものならば、余計なことを言うつもりはないよ。だけど、……せっかくのチャンスでもある。君との関係が遊びだったり、ちょっとした気の迷いだとしたら、社の発展に貢献するのも、君の役割ではあるまいか」

その言葉が、ずきりと心臓に突き刺さった。

どうしてわざわざそんな話をしたのか、わかった。池之端専務にとっては、昭博は単なる邪魔者でしかないのだろう。会社にとってせっかくの良縁を邪魔する者。

ストレートにぶつけられた言葉は、それでも納得できるものだった。

「わかりました。一応、俺からも話はしてみます」

写真や釣り書きはそのまま持っていていいと言われたので、昭博は受け取って秘書室まで戻る。

こんなものよりも、相手のSNSをチェックしたほうがよっぽど人となりがわかるはずだ。

そう思って検索すると、本名でやっているSNSを見つけた。いくら猫《ねこ》をかぶっていても人間性はにじみ出るものだが、友達や知人につけたコメントなどから彼女の嫌みのない性格が伝わってきた。

読んでいるうちに、彼女の好感度がさらに上がっていく。

――いい娘《こ》だなぁ……。

自分が瀬川の立場だったら、彼女を選ぶような気がする。

どうして瀬川がこのような縁談には目もくれずに昭博にだけ興味を抱いているのかといえば、陥没乳首だから、という答えしか思いつかない。

――だって、……そうだろ。十年ぶりに見た俺の乳首を、一発で見抜くぐらいだからな。それくらい、俺の乳首が社長好みだった、ってことなんだろうけど。

だが、結婚となれば、フェティシズムなど関係ないはずだ。

――俺が陥没乳首じゃなくなったら、どうなるんだ？

ふと、そんなふうに思った。

昭博の乳首が普通になったら、瀬川は昭博から興味を失い、他に目を向けるようになるだろうか。そうしたら、彼女との見合いについて考え直すこともあるだろう。

――だとしたら何か？　解決策は、『俺が陥没乳首じゃなくなる』ことか？

瀬川にやたらといじられるから、最近ではかなり出やすくなったような気がする。

あの乳頭矯正器を朝も昼も使い続けたら、あっさり普通の乳首になるのではないだろうか。

そうすれば、瀬川の昭博に対する執着《しゅうちゃく》は消える。問題なのは、そのまま仕事をクビになるかもしれないことだ。

――まぁ、そのあたりは、仕方ないか。

そうなったら瀬川を改心させた礼として、池之端専務に転職先を世話して欲しいくらいだ。

どうすれば陥没乳首が元に戻るのか、昭博は続けてネットで調べた。

陥没乳首は包茎《ほうけい》のように真性《しんせい》と仮性《かせい》があり、真性だと手術をする必要がある。だが、仮性なら何かと刺激をして外に引っ張り出すことを続けていれば、治ることもあるらしい。

――つまりは社長の秘密兵器の、乳頭矯正器を使えばいいってことか。

希望が湧いてくる。

自分に興味を失った瀬川の顔や態度を想像してみるとつらくもあったが、そもそも瀬川が興味があるのは自分の乳首だけなのだ。

これが逃げだとわかっている。そう思うと、これ以上、瀬川を好きになってつらくなる前に、距離を置いたほうがいい気がした。

瀬川のことを、昭博はよく考える。

陥没乳首に対する執着心が人一番強くて、そこしか見ていないのではないか、とまで思える人だが、そのこだわりは仕事にも生かされているらしい。教わることも多いし、仕事上ではしっかり鍛《きた》えてもらっている。

おかげでこの先、就職難でも頑張ろうという気概《きがい》を持つことができた。乳首がらみではセクハラじみた『癒やし』を要求されはするが、それ以外ではまともな人だ。

瀬川のそばにいたいのだが、身を引こうと考えるのは、これ以上、瀬川に乳首だけを愛《め》でられるのがつらかったからだ。

——離れたい。離れなくちゃ。だって。

乳首を愛されれば愛されるほど、胸が痛くなる。昭博自身を見て欲しいという気持ちが日ごとに強くなる。

毎日、顔を見るたびにドキドキするようになったのは、いつのころからだっただろうか。必要とされているのは乳首だけなのに、そこしか愛されていないような気持ちが募《つの》るにつけ、自分のその部分をうらめしくすら思った。

──だからやっぱり、ごめんなさい。俺からは社長を捨てられそうにないから、社長に捨ててもらおう。そのためには、陥没乳首じゃなくなるしか。

そう考えた昭博は、急いで自分でも乳頭矯正器を購入した。出勤前にそれを乳首に装着して、素知《そし》らぬ顔で出社してみる。

ずっと乳首を引っ張られているような違和感があったが、午前中はまだ我慢できた。だが、お昼が近づいてくる時刻になると、そこがうずうずピリピリしてくる。

──連続装着時間について、ちゃんと説明書読んでなかった……。長い時間つけたままだと、鬱血《うっけつ》しすぎて取れたりしない？

さすがに心配になって、そろそろ外したほうがいいのではないか、と焦ってくる。だが、そういうときに限って、秘書として居なければならない打ち合わせや会議が続いて、なかなか席を外せない。

ようやく社長室での数人の打ち合わせが終わったので、昭博はテーブルの上を片づけるなり、トイレに向かおうとした。

そのとき、ドアの前で瀬川に道をふさがれる。

「待て」

「何ですか」

客は全て退室し、残っているのは瀬川と昭博だけだ。

頭の横に腕を突かれてのぞきこまれたので、顔でも赤くなっているのかと少し慌《あわ》てる。乳首を意識していたせいで、身体が熱くなってうずうずしていた。

「何か、このあたりが不自然な気がするのだが」

瀬川の指が伸びて、スーツの上から乳首矯正器の上を正確にトンッと叩かれた。

「っ」

その振動に昭博は息を呑む。

瀬川はワイシャツ越しでも、そこに何が装着されているのかすぐに理解したらしい。退路をふさいだ腕は外さないまま、追及《ついきゅう》してくる。

「勤務中にいったい何をつけているのか、気になるな。見せられないものなのか」

「えっ、……いや、その……っ」

「上司に見せられないもので、勤務中に愉しんでいるのは感心できないな。確認する必要があると思うが」

「……わかりました」

そこにつけているものに気づかれたからには、瀬川の追及を振り切るのは困難だ。正直に打ち明けたほうが、話がややこしくならない気がする。

今は十二時過ぎ。ちょうど、昼休みの時間だ。

今はプライベートな時間だからと割り切りながら、昭博はスーツの上着のボタンを外していった。

出勤前に上着を着て、胸元に不自然なふくらみがないかどうか確認してある。特に不審《ふしん》に思われるようなラインの乱れはなかったはずだが、これで見抜くとはさすがは瀬川だ。

観念《かんねん》してネクタイを緩め、ワイシャツのボタンを外して、アンダーシャツをめくり上げた。乳頭矯正器がついた胸元が、剝き出しになる。

「どうして、こんなものを装着しているんだ？」

見られていると思っただけで、透明なシリコンの中で乳首がずくんとうずいた。

「陥没乳首を直したいと思ったからです」

「どうして直す必要がある？」

瀬川の声が尖った。

ここで瀬川の見合いや結婚の話をしたら、絶対にへそを曲げるのがわかっていた。だから、昭博はあえて話を自分のほうに寄せてみた。

「そろそろ、見合いとか結婚の話が出るかもしれませんから。女の子とデートするのに、ここがへコんでたら、恥ずかしいと思いまして」

「なるほど？」

瀬川がうなずいた。あえて笑顔だったが、これが瀬川の最大限の怒りの表れだと、昭博には察することができた。

こんなにも機嫌《きげん》が悪いのは、お気に入りの玩具《おもちゃ》を取り上げられたような気分になったからだろうか。だけど、その乳首は昭博のもので、心と切り離すことができない。陥没乳首だけを愛でられても、つらくなるばかりだ。

――最初から金で買われたんだから、割り切ればいいんだけど。社長、ずっとお金を払う態度を崩したことはなかったから、陥没乳首だけが好きだっていう俺の判断は間違ってないよな。

「だったら、君が願う通り、ずっと尖らせたままにしておこうか。ただ、こういう道具をつけて吸引するのは、大切な乳首に負担がかかる。代わりに絶え間なく刺激して、ずっと尖ったままにしておくのはどうだ？」

思いがけない提案を受けて、昭博は何をされようとしているのか、すぐにはピンとこなかった。

――ええと、……絶え間なく、刺激？

具体的な方法がまるで想像できずにいたとき、乳首から乳頭矯正器を外された。

それから、瀬川が机のあたりから、何かを持って戻ってくる。

まずされたのは、赤く尖っている乳首を慎重《しんちょう》に糸でくくることだった。

「……っ」

米粒《こめつぶ》のような乳首の根本を、絞《しぼ》りだすのは大変だ。長い時間吸引されて、昭博としては最大限大きくなっている今の段階であっても、かなり難しい。それでも瀬川は焦ることなく器用に糸をかけて両方とも絞りだしてから、また別の道具を取り出した。

吸盤状《きゅうばんじょう》になっているパーツを、糸でくくった乳首にすっぽりと密着される。それが外れないように、医療用のテープで胸元に固定された。

――これって、何？

装着されているだけで、ムズムズする。

そこからコードは伸びていなかったが、作業を終えた後で瀬川が手にしていたダイヤルつきのパーツをいじった途端、吸盤の内側でシリコン状の突起《とっき》がもぞもぞと蠢《うごめ》き始めた。

「っう、ぁ……っ!」

ただでさえ、乳首をくくられているという奇妙《きみょう》な刺激がある。

そんな乳首を、吸盤の内側でうねる何かによって無造作に押しつぶされているのだ。突起は舌を模しているのか、とても柔らかくて湿《しめ》っている。舐《な》められているような刺激が、いちいち生々《なまなま》しく下半身にまで響く。

「……っ」

全身がぞくぞくとしてやり過ごせずにいる昭博を、瀬川は涼《すず》しい顔で眺めた。

「どうした? ずっと尖らせておきたいんだろう。だったら、それをつけたまま、午後の仕事をこなせばいい。そんな大きなものではないから、そのままスーツを着れば、誰にも知られることはない。消音だ」

すぐにでも外してもらわなければ、仕事に集中できないぐらいのこってりとした刺激だった。だが、こんなふうになった瀬川には逆らわないほうがいいとわかっている。この後にトイレに行って、こっそり外せばいいだろう。

「ありがとうございます。協力していただいて」

昭博は上の空で返しながら、アンダーシャツを引き下げ、ワイシャツのボタンを閉じてネクタイを締め直し、スーツの上着を着こんだ。乳頭矯正器をつけていたときのように、こんなふうに服装を整えてしまえば確かに胸元のふくらみは目立たない。普段と変わらないラインに見える。

だが、ぷつんと尖らされたままの乳首は、絶え間なくぬるぬると突起で円を描く形に押しつぶされているのだ。

「っあ、……っ」

こんな状態でずっと耐え続けることは困難だ。早くトイレに行きたくて瀬川から解放されるのを待っていると、彼は時刻を確かめてから顎をしゃくった。

「食事に行こう」

「え」

「社食でいい。時間がない。食べながら、打ち合わせを」

そんなふうに言って、瀬川は足早に部屋を出ていく。

こんな状態にされていては、昼食どころではない。自分は残っていると伝えたかったが、打ち合わせを、と言われたら、その背を追うしかなかった。


それから、少し後。

昭博は手首をネクタイで縛られ、万歳《ばんざい》をするような姿でネクタイの端を椅子の背に固定されていた。

座らされたのは、社長室のどっしりとした革製の肘掛け椅子だ。その肘掛けにそれぞれの膝をかけられ、M字形に開かされている。足を下ろせないように、別のネクタイでくくりつけられていた。上半身はネクタイとワイシャツだけ身に着けていたが、下肢はワイシャツの裾で隠れているだけで、下着もつけていない。

恥ずかしい股間をさらしたまま、自分では身動きできない。今日の午後は特に誰も社長室に訪れないことがスケジュール上では確認できているが、急な用事でいつ誰がやってくるかわからない。そう思うと気が気でない。

だが、それよりも昭博を困らせているのは、振動だった。

ワイシャツの下では、昼食前に取りつけられた器具が絶え間なく乳首を舐め回している。社食では役員が座るブースはパーティションで区分けされていて、瀬川とその内側で寿司を食べたが、昭博はずっと落ち着かなかった。乳首を糸で搾《しぼ》り上げられているだけに、刺激のいちいちがことさら身体に響くからだ。

食事をどうにか済ませた後で社長室に戻り、仕事を言いつけられてそれをこなしているうちに、限界がきて動けなくなった。そんな昭博を、瀬川はデスクから抱き上げてこのどっしりとした革張りの椅子に座らせた。それから衣服をはぎ取って、ネクタイで固定したのだ。

「つぁ、……っん、……ん……」

感じる乳首の粒をぬるぬると玩具が舐め回す。パーツの動きが逆回転になったので、乳首がねじれて、声が漏れてしまう。大きく開かされた足の奥が意識され、そこに何もないことが逆につらく感じてきていた。うずきにまかせて、きゅうっと奥から搾り上げるように締めつけても切なくなるだけだった。

そんな昭博をよそに、瀬川はその横で平然と仕事を続けていた。

秘書である昭博に取り継がれないまま、瀬川の机の上で電話が鳴る。それを取った瀬川が昭博の甘い声に気づいて、静かにと伝えるように視線を向けるとともに、唇の前で人差し指を立てた。

さすがに、仕事関係者に妙《みょう》な声を聞かれるわけにはいかない。そう思った昭博は、必死になって声を殺した。

――だけど、……感じる。

乳首をくくられているから、刺激を逃すことができない。一定のリズムでひたすら与えられる刺激に昭博は弱かった。

――乳首だけで、イき……そ……っ。

すでにがくがくと、下肢が震えてきていた。

長いこと店長に配信での撮影をされていたことで、乳首だけの刺激でも射精まで追いこまれてしまう癖《くせ》がついているのだ。

必死になって乳首だけでイこうと努力しなくても、自然と達してしまう。むしろ快感を遮断《しゃだん》して感じまいとしても、そうできない。

――だけど、ダメだ。……こんな、……ところでイった……ら……っ。

小刻みな身じろぎや、乱れた息遣いから昭博の状態を察したのか、瀬川が電話を切らないまま、

受話器を手でふさいで低くささやいた。

「イきたかったら、イっていいぞ。このまま終業時間までに何度イけるか、試してみてもいい」

突き放したような声音に、昭博は泣きたくなった。

自分はいったい、瀬川の何なのだろう。陥没乳首に癒やしを得ようとしている瀬川を可愛いと思ったことがあった。だけど、今の瀬川がこの行為で癒やされているとは思えない。

――どうしてこうなった?

陥没乳首を直そうとした行為を、瀬川が裏切りだと判断するのはわかる。だけど、昭博はそうするしかなかったのだ。いら立っている瀬川を前にすると、じんじんと胸が痛くなる。

秘書として、瀬川のそばにいられるのが嬉しかった。どうにか仕事を覚え、これから役に立てると思っていた矢先《やさき》に、こうして仕事を奪われ、乳首だけをもてあそばれるのがつらい。これ以上瀬川のそばにはいられない。

――仕事、……辞めたほうが……いいのかな。

結局そこに行きついて、じわっと涙が湧き上がった。

「……っ」

あえぐ声とは違う声が漏れたからか、不意に瀬川が動きを止めた。電話を切り上げ、机から立ち上がって昭博のほうに近づいてくるのがわかった。それから昭博の前髪をかきあげて、顔をのぞきこむ。

もはやイくのを我慢するだけで精一杯になっていたから、その姿が涙でぼやけた。どんな顔をさらしているのかもわからない。自分の陥没乳首が治ったら瀬川はライバル会社の令嬢《れいじょう》との見合いに応じるだろうと思っていたが、そんな悠長《ゆうちょう》なことを考えるよりも、自分が消えるほうがずっと手っ取り早いのではないだろうか。

そう思って、昭博は息を吐きだした。

「しごと……、やめ……ます」

昭博に触れていた瀬川の手が、びくっと震えた。

「なぜだ。そんなことは、許さない」

「俺が辞めるのを、……止める権利は、……ない……はずです」

労働者側はいつでも辞めていい。それくらいの労働法は知っていた。

だが、瀬川は強く言い張った。

「ダメだ。……君が陥没を直したいと言ったから、引っこまないように手伝ってやっているだけだ。陥没が治ったら、君は自由になっていい。だけど、治らなかったら私のものだ」

瀬川の声がどこか泣いているような悲壮《ひそう》さを帯びているように聞こえる。そんなにも陥没乳首が大切なのかと、昭博は絶望的な気持ちになった。

「社長は、……俺の乳首だけが、……大切なんですね」

ぎゅっと目を閉じると、あふれ出した涙が目じりを伝い落ちた。泣いたぐらいでは身体の熱さは軽減されない。

「ど、……して、……そんな、……乳首ばっかり……」

陥没乳首ではなくて、自分を見て欲しい。そんな想いが暴走し始める。

たとえば人がレストランに行くのは、たいていそこの料理が食べたいからであって、主人に会いたいからではないとわかっているのに、それでも理不尽《りふじん》だと思う気持ちが抑えきれない。

そんな昭博の涙に、瀬川は驚いたようだった。頬《ほお》に触れ、その目の際《きわ》を指でなぞられる。その指が小刻みに震えていることに、昭博は気づいた。

目が合うと、思いつめたように言われる。

「どうして陥没乳首が好きなのかと聞かれても、……理由を明確に説明するのは困難だ。だけど、あえてというのなら、その乳首の主が、私を救ってくれたからだ。身体だけではなく、心も」

——心も……？

何のことだかわからずに、昭博は言葉の続きを待つ。

瀬川は昭博の乳首にかぶさっている器具のテープを外しながら、まつげを伏《ふ》せた。

「もう十年も前の話だ。その日まで私は、利己的に生きてきた。努力や能力が足りない人間は価値が低く、その分苦しい思いをしても、分相応だ。そんな思いあがった人間だった。だが、……ある日、体調を崩して駅構内で動けなくなった」

そのエピソードは知っているが、何を伝えたいのかわからない。

「中学生ぐらいだったその子はね。私のために飲み物を買ってくれて、さらに着ていたTシャツを濡らして、冷やしてくれた。その子の扁平な胸にあった、陥没乳首が目に灼きついて、その後もずっと消えなかった」

「もしかして、俺の乳首が社長の性癖《せいへき》を目覚めさせるきっかけになったんですか」

昭博は戸惑《とまど》うばかりだ。

自分との出会いが、瀬川にとってどんな意味を持っていたのか。

「……たぶん、君のを見たのがきっかけだ。あのときからずっと、私はこれに触れることに焦がれるようになった」

瀬川の指が乳首を覆《おお》っていたシリコンを外した。蠢いていた突起からの刺激はなくなったが、代わりに乳首を瀬川の指先がひっかく。まだ根元をくくられたままだったから、うめきたくなるほど感じた。同時に、切ないような気持ちがこみあげて、そこを瀬川に吸ってもらいたくなる。

「……触りたくなるのは、……俺の乳首だからですか」

過去の思い出に触れられたことで、自分の乳首だけが特別なのか知りたかった。

「そうだよ。君以外のものは、特に魅力《みりょく》を感じない」

ごく当たり前のことのように瀬川が答え、はちきれそうになっていた左側の乳首の粒から、丁寧に糸を取り外した。やけにちくちくする乳首の粒に唇を押し当てられ、肉厚の舌でそっと押しつぶされる。じわりとそこから全身に広がる刺激の強さに、昭博は息を呑んだ。

「っん、……っぁ……っ！」

こんなところで達するつもりはなかったのに、強く吸われた瞬間、今までの我慢を忘れて身体が弾《はじ》けた。

「っん、……っぁ、……あ、……あ、あ、あ……っ」

なかなか痙攣《けいれん》が止まらないぐらい、射精のピークが去らない。

瀬川が自由にしたのは左側の突起だけで、反対側にはまだ器具が取りつけられて、蠢いていたからだ。瀬川はそちら側を一度外しはしたものの、突起のアタッチメントを取り換えただけでまた押しつけてくる。ぬるぬると舐め回される舌のようなタイプから、一面にぷつぷつと突起が蠢いているものだった。

それをまた乳首に押し当てられ、ゴリゴリと弾力《だんりょく》のある突起でもみくちゃにされながら、左側の乳首に吸いつかれた。

「っぁ、……っんぁ、あ……っ」

達したばかりだというのに、乳首を生身の舌と玩具の突起で舐め回されると、それぞれの違う刺激を、身体が処理できない。

「君の乳首だからしゃぶりたいし、それ以上のこともしたい」

そう言いながら、瀬川は昭博の大きく開いた足の奥に手を伸ばした。ずっとうずいていた部分に、つぷんと指先を押しこんでくる。乳首に絶え間なく与えられる快感とも相まって、締めつけながらもその指を根元まで呑みこんでしまう。

瀬川の動きはとても性急だった。仕事を辞めさせて欲しいと言ったことを打ち消そうとするかのように、昭博の乳首をむさぼってくる。

瀬川が中で指をぬぷぬぷと動かすたびに、襞がその指にからみついた。十分に柔らかくなっているのを確認してから、瀬川が指を抜き取った。

「入れていいか」

否定などさせない勢いで指を動かされ、昭博はあえぎながらうなずくしかなかった。すでにそこは熱くうずいていて、大きいのが入らなければ解消されない。こんな身体にされて、果たしてこの先、瀬川なしでやっていけるのだろうか。

──でも、そうできるようにしないと。

「んぁっ」

椅子に座ったまま、M字形に足を固定された姿だ。

このまま受け入れられるか謎《なぞ》だったが、瀬川は昭博の腰を少し浮かし、より身体が仰向《あおむ》けになるように骨盤《こつばん》を傾けながら、腰を抱えこんだ。瀬川の熱いものが、狭い部分を押し広げて入ってくる。その存在に昭博はぐっと息を詰めた。そのまま根元まで押しこみながら、瀬川は昭博の膝を肘掛けに縛っていたネクタイをほどいていく。

確かめるようにグッグッと奥までえぐられて、快感が突き抜けた。

「ぁ、……あ、……あ……っ」

もう声を出していることも、ここがどこだかもわからないほど、体内にある瀬川のものしか考えられない。

大きく足を開いているだけに瀬川の動きをかわすことができず、入ってくる勢いをそのまま受け止めるしかなかった。

深くまで串刺《くしざ》しにされて、息が漏れる。うずいて溶けた粘膜を、瀬川の太く硬いものでかき回される。

「っん、……っぁ、あ……っ」

漏らすあえぎに、小さくモーター音がまじっていた。乳首にかぶせた突起に乳首をこね回されているからだ。乳首を揉《も》みくちゃにされる快感が中の粘膜まで響き、ひくひくと瀬川を締めつける。複雑な快感にまたイきそうになったが、さすがに三回目だからそう簡単には達せない。

「……っん、ん、ん……っ」

それでも、瀬川が腰を打ちつけるたびに軽く達しているような感覚がある。退職を切り出したからには、これが最後になるかもしれない。そう思うと瀬川に与えられる刺激の一つ一つが大切で、複雑な快感が広がる。

そんな昭博の腰を引き寄せながら、瀬川が胸元に顔を寄せた。

「誰にも渡さない。私のものだ」

そういわれて、たまらなく昂った。

ちゅうと吸引《きゅういん》され、なんだか切ないような感覚が湧き上がる。そのとき、瀬川が昭博の身体を椅子から抱き上げた。

「っんぁ……っ！」

抜かずにそのまま抱き上げられ、全身が硬直する。瀬川のものが前立腺に触れていて、軽く揺すりあげられただけで強烈な刺激が駆け抜けた。

そんな状態で瀬川が昭博を抱いて歩くと、一歩ごとにダイレクトに快感《かいかん》が響いた。

「っぁ！　……っんぁ！　あ！　あ！」

悲鳴のような声が漏れる。

瀬川のほうも足を動かすたびに締めあげられるのか、体内で鋼鉄のようなペニスがさらにふくれあがる気配があった。フラットにしたソファに昭博を下ろした後で、口づけてくる。もしかしたら、外に漏れてはいけないぐらい、すごい声を出していたのかもしれない。

口腔内に入ってくる舌に舌をからめ、下肢では瀬川と淫らにつながりあっている。上でも下でも粘膜を擦り合わせている淫らさに、頭がくらくらした。

前立腺は今も瀬川のもので圧迫されていた。そこに押し当てられたままやんわりと動かされるだけで、気が遠くなるほどの快感が得られた。

「っふ、……んぁ、……っあ、あ……っ」

声を出せないように唇をふさぎながら、瀬川は感じるところめがけて、本格的に腰を繰り出してきた。

「っふぁ、ぁ、あ、あ……っ」

突かれるたびに新たにこみあげてくる絶頂感に、あらがうすべはなかった。もういつ達してしまっても不思議ではないぐらい、腰が痙攣し始めている。なのに、感じすぎると逆に達せなくなるようだ。絶頂間際《まぎわ》で、ひたすら翻弄されてしまう。

薄く開いた目からじわじわと涙があふれ、中が痙攣して瀬川のものにからみつき、力が抜けなくなってきた。

限界まで張り詰めた昭博のペニスは、互いの身体の間で擦りあげられるたびに狂《くる》おしい快感をもたらす。ただ瀬川にむさぼられているという事実に、頭の中が真っ白になる。

容赦なく昭博を犯しながら、瀬川が右の乳首を覆っているシリコンを外した。外気にさらされ、まだ根元を糸でくくられてぷくんと尖っている乳首を押しつぶしながら言った。

「ずっとこの陥没が、治らなければいい」

その言葉が、先ほど聞いた言葉を蘇《よみがえ》らせた。

『陥没が治ったら、君は自由になっていい。だけど、治らなかったら私のものだ』

「それ、……っ、ずっと……自分のそばにいてくれ、って、言っているみたい、……に、きこえ……ますよ」

瀬川がその言葉を言ったのは今ではないのに、激しすぎるセックスに思考力を奪われた昭博は、タイミングがずれていることが認識できず、あえぎながら口にする。

すると、瀬川がうめくように言った。

「ずっと、私のそばにいてくれ」

まぎれもなくそれが現実に聞こえた言葉だと認識した瞬間、昭博はびくんと痙攣して、激しい絶頂に達した。

制御しようとしても、できるものではない。瀬川に唇を奪われたまま、がくがくと震えながら吐きだす。

「っんぁっ！」

自分はこのまま陥没乳首でもいいのかな、となかなか力が抜けないままで考える。そうしたら、ずっと瀬川のそばにいられる。今、聞いたばかりの瀬川の言葉がすぐに理解できず、ふわふわと頭の中で漂《ただよ》っているのを感じていた。だが、瀬川はまだまだ治まらないらしく、痙攣が残る昭博の中を、さらに激しくえぐってきた。

「つんぁ、……っぁ、……あ……あ……っ」

瀬川のものは中で一段と存在感を増している。その硬さに対して、力が入らなくなった昭博の中はひどく柔らかく感じられた。すでに瀬川も余裕がないのか、その柔らかな襞を激しく貫いていく。動きは一定の速度を保ったまま、緩まることがなかった。

入り口から深いところまで、容赦なく蹂躙《じゅうりん》されて逃げ場がない。

「はぁ、……んぁ、……ぁ、あ、あ、あ、あ……っ」

どうにか声を抑えようとしても、突かれるたびに漏れてしまう。

息もできない激しさに、ただ身体を投げ出しているしかない。ここまで激しくされるのは、やはり瀬川もこれが最後だと思っているのか。

まだ糸でくくられた右の乳首を唇と歯で残酷に押しつぶされるたびに、弾かれたように現実に引き戻される。

糸でくくられたのは、陥没状態に戻さないためだろうか。そんなことをされなくても、こんなに刺激されていたら簡単には戻れない。

ソファに移されても、手首はくくられたままだったが、かなり緩くなっていた。手首にからんでいたネクタイを外すと、昭博は瀬川の肩に手を回した。

激しい突き上げに揺さぶられながらも、何とか言ってみる。

「おれ、っん、……っ、な、……おらなくても、ぁああ、……いい……です、か?」

あえぎがまじりすぎて、何を言っているのか伝わらないかもしれない。

瀬川は昭博の腰を抱え直すと、ぐいっと上体を起こさせた。それによって、一段と奥まで瀬川のものが入ってくる。

「っぁ、……ぁ、……っんぁっ、……深、……っ」

感じすぎてどうにかなりそうだったので、必死になって当たる位置をずらそうと身じろぐ。だがそれはかなわず、瀬川の逞しい腕で腰を抱えこまれ、上に投げ上げるようにされては串刺しにされて、犯され続ける。

身体に力が入らず、座った体勢に無理が生じてきたころ、また押し倒されて、気が遠くなるほど動かされた。その後で、瀬川の熱い精液が身体の奥に注がれる。

そのころには昭博は精根《せいこん》尽《つ》き果てていた。

そんな昭博を抱きしめ、汗に濡れた髪をかきあげながら、瀬川が頬を擦り寄せた。

「俺の、……ものだ」

その声にぞくっと魂《たましい》まで痺れた。

上体を抱き寄せられているから、さんざんなぶられた乳首が瀬川の身体で擦れて、じわりと快感を伝えてくる。まだ結合は解かれていなかったから、ひくりと締めつけたのを察したらしい。

薄く目を開いた昭博の顔を見つめ、瀬川が怖いような顔で言ってきた。

「乳首、……このまま乳頭矯正器をかぶせて、尖らせたままにしておくか」

こんなに敏感になったままの乳首をまた吸引されるのは、とてもつらい。敏感な神経を、ずっと剝き出しにされているような恐怖を覚える。

「しないで、……ください」

かすれきった声で訴えると、瀬川は笑った。

「不思議《ふしぎ》だな。ずっとここを無理に出していじっていたいのに、陥没は治したくない。陥没でいてくれれば、君は俺のものであるような気がする。そんなこと、あるはずがないのに」

そんな言葉とともに、抱きしめる腕に力がこもる。胸に顔を寄せられたことで、もしかしてまた続くのかと、昭博は息を吞んだ。

――もう、……無理……。

こんなにずっと続けられたら、身体が持たない。だるい身体でもがいたが、瀬川の腕はびくともしない。

それどころか、うつ伏せにされて腰をしっかりと押さえこまれ、深くまで入れ直されたモノの硬さに震えずにはいられなかった。

「しゃちょ……う、……も、むり、です……っ」

昭博の声が泣きそうになったことを、瀬川は察したらしい。動きを止めて言ってくる。

「こんなに感じすぎては、……女性相手に見合いなどできないだろ」

何を言っているんだと思った。見合いをするのは、瀬川のはずだ。

だが、瀬川に自分が女性と付き合うために陥没乳首を治したいと嘘を言ったのを思い出した。

その嘘を信じこんでいるのだろう。今日、こんなに執拗《しつよう》なのは、そのせいだ。

ひたすら瀬川に抱きまくられて、くたくただった。普段ならどうにか辻褄《つじつま》が合うように考えるのだが、もはやそこまで頭が働かない。

こうなったら正直に告げて、こんがらがった糸をほどくことしか思いつかなかった。

「あれ、……嘘……ですから」

「嘘だと？」

正面にひっくり返されて、引き抜かれる。

「……っ」

「なんで、嘘など言ったんだ」

「だって、……社長が」

顔をくしゃくしゃにして、吐露《とろ》していた。

「私がどうした？」

「……っ縁談が、……あるって、聞いたんです。とても綺麗な、……お嬢さんと。仕事上もこの先、有利になる相手だって。だけど、社長は俺の、……乳首に……夢中だから、……陥没じゃなくなれば、……っ、諦めて、幸せな結婚をしてくれる……って」

しゃべっている途中から、瀬川の表情が怖いぐらいに強張《こわば》っていく。

「幸せな結婚だと？　余計なお世話だ。それに、私が夢中なのは、……この陥没乳首だけだと本気で思っているのか」

問いただされて、ドキッと鼓動が跳ねあがる。瀬川が執着しているのは、自分が陥没乳首だからだと思っていた。

「違う……ん、……ですか」

「先ほどの告白を、……聞いてなかったのか」

瀬川は深々とため息をついた。

昭博の乳首に残っていた糸を取り外すと、そこに丁寧《ていねい》に口づける。

「君の、……乳首だからだ。かつて出会った無垢《むく》な君は、利己的に生きてきた私を無償《むしょう》の愛で救ってくれた。そのときから私は、この天使のパーツをとても大切に思っている。君のではない陥没乳首に、何ら意味はないんだ」

――大切なのは、俺の乳首だから？

その妙な言葉の響きが、信じられないほど胸に響いた。

それでようやく理解できる。瀬川が陥没乳首が好きなのはそれが昭博の持ち物だからで、陥没乳首という単体に執着しているわけではない。

「俺の、だから」

確認するようにつぶやくと、あらためて抱きしめられた。その抱擁《ほうよう》の強さと甘さに心まで満たされる。

「ずっと、そばにいてくれ。他の誰とも見合いをする必要はない。君が、……ずっとそばにいてくれれば、それで十分なんだ。会社も他社の助けなどなくても、私が大きくする」

耳のそばでささやかれたその言葉に、ぞわぞわと全身が痺れていく。

ずっとこの言葉が欲しかった。乳首だけ必要とされているのでは、という勘違《かんちが》いをしていたのは、瀬川がことさら陥没乳首ばかりに執着してきたからだった。

「社長。俺にお金も払うから」

「君に何をプレゼントしていいのかわからないほど、朴念仁《ぼくねんじん》なんだ」

「あれは、プレゼントだったたんですか？」

「ああ」

全ての誤解が解けると、瀬川は昭博に「好きだ」とひたすら態度で告げていたのだとようやくわかる。身体の関係を結んだことで昭博も瀬川のことを特別に感じ、小さな気遣いをしてくれたり、自分を見ているまなざしにときめくようになった。

今では瀬川を見るたびに、ドキドキしすぎてマズい。

「人が人のことを好きになるのは、たぶん小さなきっかけからだ。十年前に助けてもらったことで、君がとても親切でお人好《よ》しなのを知り、その上、たまらなくキュートな陥没乳首の持ち主だと知った。はにかむように笑うときの表情や、何もかもが好ましい」

やはり瀬川が昭博のことを好きになったのは陥没乳首だったからだと、伝えられているような気もする。それでもときめきは消えず、昭博は尋ねてみた。

「俺が陥没じゃなくなっても、好きでいてくれますか」

「当然だ」

即座に返してくれたから、心配することはないのだと安心できた。

瀬川が昭博の頭を抱きかかえながら、心をこめて言ってくれた。

「好きだ」

愛しげに唇をふさがれた。キスはひどく甘く、今までさんざん悩んでいたことなどが全て溶けて消えるようだった。


もともと昭博は社長による特例で、秘書になったのだと思っていた。だから身分も不安定で、瀬川が昭博に飽《あ》きたら仕事も失うし、そういうものだという諦めもあった。

だが、賞与がかなり出たので人事部に確認したところ、昭博は正式に社員として採用されていたらしい。最初のときにそう説明されていたのだが、緊張《きんちょう》しすぎて聞き逃していたようだ。いくら社長でも正当な理由がなければクビにできないのだと、とくとくと語られた。

そして両想いになってからというもの、瀬川はセクハラを全くしなくなった。仕事とプライベートは完全に区別するようになり、癒やしを求めて仕事中に抱きしめられることもない。

昭博のほうとしてはホッとするのと同時に、多少の寂《さみ》しさを感じた。

だが、瀬川に言わせれば、これは非常に意味のあることだそうだ。

「以前の私は、君が欲しすぎて暴走していた。どうせ君を手元に長くとどめることはできないと、ヤケになっていたというか。だが今後は、この関係を大切にしたい。プライベートでたっぷり会えるのだから、社内であえて危険を冒《おか》す必要はない」

だけど、たまに昭博は仕事中に瀬川の強い視線を感じることがある。どこか餓《う》えたような、癒やしを求めているような視線だ。そんなときには、都合のつく限り、昭博のほうから声をかけるようにしている。

「今日、夕食でも?」

それに瀬川がにっこりとして、うなずいてくれるのが好きだ。

まだまだ乳首は陥没したままだが、いじると出てくるのが好きだと瀬川が言ってくれるからには、ずっとこのままでいいのかもしれないと、昭博は幸せに思うのだった。

あとがき

この度は、『禁断《きんだん》の凹果実《おうかじつ》』を手に取っていただいて、ありがとうございました！

タイトルだけでピンときた方がいらっしゃるかもですが、陥没乳首ものです。乳首は乳首であるだけで可愛くて魅惑のパーツだと思うのですが、それが陥没乳首になると、さらに魅惑がアップしますよね！　特に、陥没ちゃんは恥ずかしがりやなので、その隠れた子が刺激に応じて徐々に顔を出して「こんにちは！」ってしたシーンがとてもとてもとても好きです！　今回はその「こんにちは！」が好きすぎて何度も書いてしまいました。私としてはいつでも「こんにちは！」は感動的なので、新鮮な気分で何度も描写してしまったのです。そのところを担当さんに「ダブっているので削りませんか？」と指摘されるかと冷や冷やしていたのですが、ほぼママで通っていますので、何度も「こんにちは！」しているシーンを楽しんでいただければ、と思います。あと、攻の人が陥没ちゃん好きすぎて変質者チックになりかけていたのですが、そのところは担当さんがヤバめのところを指摘して「これ、取りませんか？」と提案してくださったので、素敵な攻の範囲で収まっている……かな？　だといいな？　少々にじみ出ているかもしれませんが、素敵な陥没ちゃんにまつわる恋物語です……！

ということで、そのお話に素敵なイラストを描いていただいた、奈良千春《ならちはる》さま。今回も、本当にありがとうございました……！　陥没最高です！　皆様にも感謝を！

バーバラ片桐《かたぎり》

Lovers Label

禁断の凹果実

ラヴァーズ文庫をお買い上げいただき
ありがとうございます。
この作品を読んでのご意見・ご感想を
お聞かせください。
あて先は下記の通りです。

〒102-0072
東京都千代田区飯田橋2-7-3
(株)竹書房 ラヴァーズ文庫編集部
バーバラ片桐先生係
奈良千春先生係

2020年8月7日
初版第1刷発行

●著 者
バーバラ片桐 ©BARBARA KATAGIRI
●イラスト
奈良千春 ©CHIHARU NARA

●発行者 後藤明信
●発行所 株式会社 竹書房
〒102-0072
東京都千代田区飯田橋2-7-3
電話 03(3264)1576(代表)
03(3234)6246(編集部)
●ホームページ
http://bl.takeshobo.co.jp/

●印刷所 中央精版印刷株式会社

ISBN 978-4-8019-2361-4 C 0193

ラヴァーズ文庫
Lovers Label
33歳、代議士先生に抱かれたい秘書
33sai daigisi sensei ni da ka re tai hisyo
鉄仮面秘書、悔しい
とろ顔な夜
「可愛い顔すんなよ。そそるだろ」
議員秘書である白鹿《はくじか》伊万里《いまり》は、
あるとき『若返りの薬』を手に入れる。
それを使って、亡くなった代議士のダメ息子（72歳）を
若返らせ、跡を継がせようと企んでいた。
ダメ息子・田口《たぐち》正宣《まさのぶ》は、夜ごと遊びまわっていて、
他人の言うことなど聞く男ではない。
その悪癖を断つために、プライドを捨て、
夜の相手をすることになった白鹿だが…。
若返った野獣男に、若者の体力と
熟した性技で責めたてられて、
冷酷秘書の鉄仮面がとろけ堕ちる——。
好評発売中!!
著 バーバラ片桐《かたぎり》
画 奈良《なら》千春《ちはる》

ラヴァーズ文庫
Lovers Label
シークレットツアー
～南極《なんきょく》で添乗員《てんじょういん》をアツアツ争奪戦《そうだつせん》!!～
添乗員は、旅行のおやつに入りますか？
超お金持ちのためのツアー会社の添乗員・沙倉智人《さくらともひと》は、
VIP4人から専属ツアーガイドに指名されていた。
しかし、ある事がきっかけで、
地球の最南端・南極にひとりで取り残されてしまう!!
人生最大のピンチに陥った沙倉のもとへ
駆けつけてくれたのは、4人のVIPだったが、
「誰が一番きみを気持ちよくできるのか確かめよう。
後で何番目が良かったか教えて♥」
なぜだか、淫らな争奪戦が始まってしまって――。
南極の白夜だから恥ずかしい♥全部丸見え5Pナイト!!
著 バーバラ片《かた》桐《ぎり》
画 奈《な》良《ら》千《ち》春《はる》
好評発売中!!